KB075899

내 삶에 알맞은 걸음으로

졸혼, 뇌경색, 세 아이로 되찾은 인생의 봄날

내 삶에 알맞은 걸음으로

아인잠 지음

유노
북스

덜어 낼수록 채워지는
인생의 기쁨과 행복

우리는 글과 노래 등 여러 방식으로 삶을 쓰고 그리며 살아갑니다. 인생은 누구에게나 가장 중요하고 특별한 영감을 주지만, 그것을 표현하는 일은 마치 어두운 밤바다를 홀로 노 저어 가야 하는 고행과 같이 느껴집니다.

인생이 던져 주는 시험에서 글을 써 나가는 과정은, 상처를 후벼 파듯 고통까지도 정면으로 바라봐야 하는 일이니까요. 그래서 자신과의 힘든 싸움을 글로 옮길 때, 작가는 누구보다 먼저 홀로 눈물짓는 사람이기도 합니다.

어느 시인이 인생에 대해 말하길, '인생은 꼭 길 없는 숲 같아서 거미줄에 얼굴이 스쳐 간지럽고 따갑고, 한 눈은 가지에 부딪혀 눈물이 나기도 한다'고 했습니다.

시인은, 그럴 때면 잠시 떠났다가 돌아와 다시 새 출발을 하고 싶다고 말합니다. 그리고 그렇게 되돌아온 세상을, 시인은 더욱 사랑하게 됩니다.

'세상은 사랑하기 딱 좋은 곳 여기보다 좋은 곳이 또 어디 있을까.'

미국 시인 로버트 프로스트가 바라보는 인생입니다.

시에서처럼, 인생은 '길 없는 숲' 같아서 우리는 숲을 헤치며 살아가고 있는 중입니다. 때로는 거미줄에 스치고 가지에 찔리더라도 끝까지 가야 할 이유는, 잃어버린 그 길 위에서 멈출 수는 없기 때문이에요. 그 길은 나의 집이 아니고 꿈은 더욱 아닌 탓에, 그곳에서는 행복하지 않고 결코 쉴 수 없기 때문입니다.

시인이 염려하는 건, 숲을 헤치며 나아가는 중에 다치거나 길을 잃을까 하는 것이 아닙니다. '운명이 내 말을 일부러 오해하여 소원의 반만 들어주어 날 아주 데려가 돌아오지 못하게' 할까 두려운 것입니다.

비록 지금은 힘들고 떠나고 싶은 현실일지라도 영원히 떠나고 싶지는 않은 곳, 오늘이 남은 내 인생의 첫날이라 생각하며 주어진 하루를 살아가는 것, 시인이 바라는 인생을 살아가는 모습입니다.

저는 인생길에서 넘어져 다치고, 끔찍한 미로에 갇힌 듯 괴로웠던 날들이 많았습니다. 13년간의 결혼 생활 동안 세 아이를 낳고 결혼을 졸업하기로 결정했던 저는, 2019년에 큰 용기를 내어 비로소 독립을 실행했습니다.

아무리 정신을 똑바로 차리고 길을 찾아가려 해도 계속 같은 자리를 맴도는 것 같던 기분, 열심히 다른 길을 찾아가도 매번 같은 벽에 부딪히고 절망했던 순간은 출구가 없는 미로 속에 단단히 갇혀 버린 듯한 공포를 안겼지요.

남편의 심각한 폭언과 독박육아에 지쳐가며 낮아지는 자존감도 문제였지만, 신체적·정신적·경제적으로 느꼈던 학대와 모멸감 속에서 저뿐만 아니라 세 아이들이 다칠까 봐 두려웠습니다.

참고 노력하다 보면 좋아지겠지, 나아지겠지 믿었던 세월도 10여 년이었지요. 다들 그렇게 살아간다고, 나만 참으면 좋은 날이 올 거라는 어른들의 말씀을 동아줄처럼 붙잡고 살아온 시간이기도 했습니다. 물론 주변에 저보다 더 힘들게 살아온 분들도 많을 것입니다.

그런 과정을 거치면서 알게 된 것은, 고통은 타인과 비교할 수 없으며 누가 낫고 더하고의 문제가 아닌 자신만이 뼈저리게 느끼게 되는 절망이라는 것입니다.

그 시기를 어떻게 지낼 것인가에 대해 깊이 고민했고 독서를 통해 자존감을 회복하며 꿈에 한 걸음 더 나아가면서, 저는 인생에서 남편을 빼기로 결정했습니다.

그것이 저의 인생을 구하고 남은 인생을 제대로 살아가는 방법이라 판단했어요. 그리고 내 인생이 누구와 의논하고 누구에 의해 결정되는 것이 아닌, 온전한 나의 것이 되길 바랐습니다.

결혼으로부터의 독립, 졸혼, 별거, 이혼으로 이어지는 과정을 거치며 참 많은 날을 홀로 눈물 흘리기도 했지요. 전작《내 인생에서 남편은 빼겠습니다》에는 그런 저의 시간들이 담겨 있습니다.

그 후로 이어진 제 삶의 기록은 다른 모습으로 삶에 더해진 희망, 열정, 기쁨, 노력, 인내, 행복의 순간을 담고자 했습니다.

이전의 삶은 더하는 것인 줄 알았었기에, 무수히 많은 것을 놓지 않으려 애를 썼던 세월이었어요. 그러나 인생에서 힘든 문제들을 덜어내기로 결정했을 때, 저는 덜어 낼수록 채워지는 인생의 진짜 기쁨과 행복을 알아갔습니다.

매일 주어지는 똑같은 하루이지만, 독립 후 다가온 시간들은 모든 때 모든 날들이 새로운 의미였어요. 제가 만난 인생의 의미들을 이 책을 통해 전해 드릴 수 있길 바랍니다. 작가로서 저의 바람을 담은 행복한 꿈이, 두 번째 책을 쓰도록 저를 이끌었습니다.

결혼생활을 끝내고 난 뒤에 얻은 자립에 대한 의지, 진짜 나를 발견할 수 있었던 기회, 책 출간, 독자와의 만남 등 모든 게 새로운 의미였어요. 새 삶, 새 사람, 새 집, 새 시간, 새 꿈, 새 글, 그리고 새 책.

'봄이 빗속에 노란 데이지 꽃 들어 올리듯 나도 내 마음 들어 건배합니다. 고통만을 담고 있어도 내 마음은 예쁜 잔이 될 겁니다'라고 노래한 새러 티즈데일처럼, 저도 제 마음 들어 건배합니다. 예쁜 잔에 담은 제 마음을, 또 한 번 독자들께 보여 드리고 싶습니다.

인생은 길 없는 숲 같아도, 때론 거미줄에 의지해 길을 찾아가기도 할 것입니다. 흐르는 냇물과 바위에도 몸은 쉴 수 있을 것입니다. 가지도 해를 따라 뻗고 꽃도 해를 따라 핍니다.

음지에 있는 이끼마저도 숲을 이루는 생명입니다. 인생의 수많은 선택 앞에서 우린 끊임없이 해를 보며 걸어야 합니다. 그렇게 가다 보면 누군가 걸어간 길이 나의 길이 되기도 하고, 내가 걸어온 길이 누군가 걸어갈 길이 되는 순간도 올 것이니까요.

우린 함께 걷고 함께 손을 맞잡아 주며 숲을 이루어 갈 것입니다.

제가 걸어온 길에 함께해 준, 그리고 함께해 줄 독자들께 진심으로 감사합니다. 여러분의 가실 길을 저 또한 응원합니다.

비록 지금은 어디선가 쓴 눈물과 고통 속에서 절망할지라도, 우리는 우리 앞에 놓인 숲길을 따라 걸어갑니다. 그 삶의 여정에서 만나지는 우리, 함께 격려하고 함께 웃을 수 있길 바라요.

돌아보니 홀로 건너는 중이라 느꼈던 밤바다에, 많은 분이 등대가 되어 주었다는 것을 느낍니다. 이제는 이 책이 많은 분에게 위안과 즐거움을 주는 좋은 인생 이야기가 되면 좋겠습니다.

깜깜한 숲길을 홀로 걸어가는 듯 느껴질 때, 저의 글이 작은 반딧불이가 되어 한 발자국만 앞서가고 싶습니다.

저와 함께 인생의 숲길을 걸어가 보지 않으시겠어요?

아인잠

: 2부

우리 가족
행복하게 해 주세요

: 3부

가장 나다운 길을
가는 것이란

: 4부

내 삶에 알맞은
걸음으로

: 5부

인생에서 일어나는
마법 같은 일

1부

내 인생의 징검돌을
건너는 중입니다

독립 선언,
홀로서기의 시작

결혼 13년 차, 나는 결혼 생활을 끝내기로 결심했다.

결혼 생활을 '졸업'하고 세 아이와 함께 살아가는 요즘, 힘든 일들을 모두 끝내고 휴가를 떠나온 기분이다.

'휴가'라는 말은 언젠가는 돌아갈 집도, 돌아가야 할 시점도 정해진 시한부 생활을 의미하지만 나는 떠나왔다. 결혼 후 지금까지 살아온 '그와 나'의 집으로부터.

'그와 나'의 집이라고 표현했지만, 참 아이러니하다.

그의 명의로 된 그의 집이지만 나의 집이었고, 그의 경제력으로 일군 그의 집이었지만 내 손길과 내 노력이 곳곳에 더 많이 담겨 있는 내 집이었다.

쓸고 닦고 매만지고 곳곳에 나와 아이들의 시선과 손길이 닿아 있고 머물러온 삶의 흔적들이 새겨져 있는, '우리'들의 집이기도 했다.

그런데 참 씁쓸한 건, 그는 화가 나면 그의 집이니 나가라고 했고 갈 곳 없는 나는 나가지 못하고 참았었다는 거다. 그러나 이제 나는 나왔다. 그에게서 그토록 들어왔던, '그'의 집으로부터.

이렇게 홀가분하고 편안한 것을, 자유로운 것을…. 왜 그렇게 움켜쥐고 있었을까. 아니다, 그 삶이 있었기에 지금의 내가 있음을 생각한다.

하지만 내가 바랐던 독립이 이런 모습의 이런 시기는 아니었다. 나는 내 힘으로 이루는 온전한 나의 성장과 독립, 완전한 홀로서기를 기다려왔다. 그러나 운명은 때로 내가 알지 못하는 강력한 힘으로 나를 떠밀고 갈 때도 있음을 알게 되었다.

나의 결혼식이 있었던 2007년, 그리고 맞이한 2019년…. 나는 결혼 생활을 그만두기로 결정했다.

나는 세 남매와 함께 독립된 공간에서 거주하며 생활 중이고, 나의 일을 해 나가고 있으며, 13년간 갈망했던 정서독립·경제독립·자아독립을 더욱 완성된 모습으로 이루어 가고 있다.

결혼 생활 13년 차에 내가 내린 결정은 무엇보다도 '독립'이었고, 주체적으로 나의 삶을 살아 나가는 것이었다.

이제 내가 내려놓고 떠나온 모든 것으로부터 홀가분해졌고, 자유로워졌다. 또 다른 책임감과 설렘으로, 나는 내 삶의 경주를 시작했다.

주변엔 응원해 주는 분이 많이 있고, 내가 모르는 사이에도 나를 지켜 보고 지켜 주고 있는 더 많은 눈이 있음을 느끼고 있다.

무엇보다 세 아이가 나를 바라보고 있고, 나도 아이들을 보면서 앞으로 우리의 삶이 각자 행복의 꽃을 피워 나가길, 그리고 주변에 많은 꿈과 행복의 씨앗을 퍼뜨려 나갈 수 있길 희망한다.

가장 중요한 변화는 내가 나를 바라보게 된 시선이다.

나는 요즘 글을 쓰고, 곧 출판되어 나올 책들을 기다리고 있다. 우선은 그것이 가장 중요하다. 경제적 발판이자 앞으로의 삶의 방향에 있어 지대한 영향을 미칠 수 있는, 생의 가장 큰 사건이기 때문이다.

희망은 희망을 낳고, 도전은 도전을 낳는다. 기회는 기회로 이어지고, 만남은 만남을 가져온다. 나는 아이들과 살아갈 자신이 있고, 꿈과 용기가 너끈하다. 나는 아주 많은 무기를 가지고 있다고 생각한다.

그동안 살아왔던 집을 떠나오니 온 우주가 나를 돕는 느낌이다.

혼자라고 생각했을 때도 나는 혼자가 아니었다. 나만 힘들다고 느꼈을 때도 나만 힘든 게 아니었다. 그동안 인내해 온 것이 아무것도 아닌 게 아니었다.

내 생각 속에 갇혀 절망하고 포기하며 평생 살아갈 뻔했던 감옥에서 빠져나오려 마음먹은 것부터가 독립의 시작이었다.

나의 인내는 보람 있었고 나를 성장시켰으며 살아갈 힘이 되어 주리라는 것을 느낀다.

나는 독립했다. 앞으로의 삶의 이야기들은 이전보다 더욱 희망차게 하나하나 풀어 나갈 수 있을 것 같다.

기대된다. 어디서부터 어떻게 시작해야 할지, 그동안 쌓아 온 이야기들이 세상을 향해 나아가기 위해 아우성치고 있다.

집을 떠나오던 날,
과거와 이별했다

남편은 출근하고, 아이들은 학교로, 유치원으로 갔다. 나는 빈집에 남아 마지막 청소를 마치고, 집을 한 바퀴 둘러보았다.

쓸어 보고, 만져 보고, 안아 보고, 첫 만남을 떠올리며 마지막 인사를 나눴다. 온갖 삶의 회한이 지나갔고 떠날 때가 되었음을 알았다.

아이들이 학교에서 돌아오기를 기다렸다. 마침내, 마음의 준비를 한 뒤 아이들을 불러 모아 선언했다.

"얘들아, 엄마가 중요한 결정을 내렸어. 이곳에서 나가려 해. 너희들도 같이 갈래?"

아이들은 조금의 머뭇거림도 없이 나를 따라 집을 나섰다. 아이들은 뭘 챙겨야 할지 아는 듯했다. 대충의 옷가지들은 내가 챙겼지만, 아이들은 당장 필요한 레고와 꼭 보고 싶은 책들, 아끼는 장난감을 갖고 나왔다. 그래 봤자 짐이 많지는 않았다.

나로서는 13년의 결혼 생활을 뒤로 한 채 들고나오는 짐이 간략하기 그지없었고, 그래서 더 미련 없이 나올 수 있지 않았을까.

아이들은 짧은 인생에 애착 가는 물건들을 빠릿빠릿하게 챙겨 나왔다. 가방 하나씩을 둘러매고 우리는 지인의 집으로 향했다.

햇볕이 내리쬐는 길을 걸어 버스를 타서는 가방을 하나씩 메고 앉은 우리, 나의 심정은 난민과 다름없었다. 아이들을 데리고 어디로 갈 것인가, 어떻게 살 것인가. 하지만, 나는 오히려 정신이 차분해졌고, 이성은 차가워졌으며, 눈은 앞을 향했다.

그럼에도 불구하고 나는 무수한 밤을 울었다. 아이들이 잠든 밤이면 홀로 베개를 적셨다. 그러나 그것은 슬픔의 눈물이 아니라, 드디어 그곳에서 빠져나왔다는 안도감에서 나온 눈물이었다.

누가 나를 묶어 놓고 나가지 못하게 한 세월도 아니었고, 내 발에 족쇄가 채워 있던 것도 아니었으나, 마음을 먹기까지 그리고 행동으로 옮기기까지 엄청난 용기와 결단이 필요했다. 아무나 할 수 있는 일은 아니라는 생각이 들었다.

그래서인지 산전수전 다 겪은, 나를 잘 아는 어르신들조차 나더러 보통 용감한 사람이 아니라고 했고, 안쓰러워도 했다.

그분들이 나를 바라보는 시선에서 '나야 어떻게든 살아졌지만, 너는 어떻게 살아갈래' 하는 걱정도 느껴졌다. 어떻게 살아왔는지가 주마등처럼 스쳐 지나가기에, 그 세월을 어떻게 살아갈 것인지 마치 그림으로 그려지는 양 한참 말이 없었다.

나는 일단 지르고 주변에 알리는 스타일이다. 직장을 선택할 때도, 결혼을 선택할 때도, 결혼 졸업을 선택할 때도, 나는 지르고 알렸다. 자랑스럽게.

"엄마, 나 진짜 멋있지 않아?"

"친구야, 나 대단하지. 행운을 빌어 줘."

"언니, 저 독립했어요. 멋지죠? 100만 원만 빌려 줄 수 있어요?"

지랄, 미친 년, 장한 년, 별 소리를 다 들어도 기억에 남는 별 소리는 따로 있다.

"갚을 것 생각하지 말고 받고, 받으면 잘 살아야 한다. 더 행복하고 더 멋지게, 알았지? 정 갚고 싶으면, 나중에 성공해서 지금의 너처럼 도움이 필요한 누군가를 만났을 때 그를 도와주는 걸로 대신해."

나는 돈도 갚고, 도움이 필요한 누군가에게 도움을 주는 사람이 될 것이다. 그래서 그 어느 때보다도 더 간절히 성공하고 싶고, 이 채무에서 빨리 벗어나길 원한다.

감사하게도 아이들이 무럭무럭 건강히 자라고 있고, 나도 건강한 몸과 정신으로 하루하루 최선을 다해 지내려 노력하고 있다.

독립 후 맞이하는 아침과 밤은 하루하루 나를 단련시키는 절대 시간이다. 아침이나 밤이나 늘 감옥 속에 있는 것 같았던 과거로부터 얻은 자유, 얼마나 소중하고 값진 것인지 '출소' 후 느끼는 희열과 감사의 마음은 보통의 사람과는 확실히 다르다.

나는 매 순간 감사하며 어떻게 살아가야 할지에 대해 생각한다.

졸혼 후 한 달,
우리는…

하루하루를 돌아볼 때, 날마다 행복했고 즐거웠고 편안했다.

군이 확인하지 않아도, 아이들의 얼굴에 나타나는 감정과 편안함을 그대로 느낄 수 있다. 돌이켜 생각해 보니, 한 달은 너무 짧았던 것 같다. 하루같이 느껴지는 한 달이었다.

독립 후 한 달 동안, 나와 아이들은 긴장된 마음을 내려놓고 자유로웠다. 아이들이 편안하게 쉴 수 있도록 배려했다.

그동안 마음이 쉬지 못했다. 독립 후 다독여야 할 것은 나와 아이들의 마음이었다. 그것이 가장 중요했다.

나는 앞으로도 아이들의 감정과 판단을 존중할 것이다. 내 감정과 판단이 존중받기를 원하듯, 아이들의 선택도 그리할 것이다. 아빠에 대한 것에서는 더더욱.

얼마 전에는 아이 아빠의 요청으로 아이들이 아빠를 처음으로 만나고 왔다. 30분간의 면담이었다. 아이 아빠는 아이들을 만나 보길 원했고, 나는 기꺼이 아이들을 보냈다.
처음엔 아이들이 불편함을 호소하며 가지 않으려는 모습을 보였지만, 아빠에게 다녀왔으면 좋겠다고 엄마로서 재차 얘기했다.

"아빠 엄마 관계와는 상관없이 아빠는 너희들을 사랑하고 보고 싶어 해. 아빠가 잠시라도 너희들을 볼 수 있는 시간을 줬으면 좋겠어."

부담스러운 눈치였지만, 다녀와서는 둘째가 해맑은 얼굴로 말했다.

"엄마, 아빠는 엄마를 보고 싶어 하는데 엄마는 왜 아빠를 보러 가지 않는 거야?"
"응, 엄마는 아직 아빠를 보는 게 불편해. 엄마는 앞으로 너희들과 행복하게 살기를 선택했어."
"그래? 그래도 아빠는 엄마가 보고 싶대."
"그렇구나…."

나와 그의 관계가 어떨지언정, 나는 이제 부모이자 양육자로서 아이들에게 최선을 다하길 바라고 그래야 한다고 생각한다.

그러나 내가 독립해서 나온 이후 그는 '기다렸다는 듯이' 아이들의 양육비와 보험비, 교육비를 일체 끊어 버렸다. 그럼에도, 그로부터의 '독립'을 감지덕지하여 우선적으로 여겼던 나는 일단 수긍했다.

독립 후, 양육비를 제대로 받지 못하고 살아가는 아내들이 너무 많다는 걸 알게 되었다.

앞으로 아이들에게 필요한 모든 양육비 일체를 그에게 의존할 생각은 없으나, 독립할 때 아이들 양육비는 정당하게 받아야 한다는 걸 고려해야 한다.

양육비는 아이들의 권리이자 부모 된 자들의 도리이니, 내 마음대로 주고 안 주고 결정할 수 있는 바가 아니다. 나의 경우도 끝까지 협의가 이뤄지지 않는 부분은 결혼 중에도 그리고 후에도 '돈'이었다.

그에게 돈은 그리도 중요한 부분을 차지하고 있었다. 아이들에게 필요한 돈마저 이리 재고 저리 재며 따지는 그의 모습에서 나는 또 실망과 분노를 금치 못했지만, 그에게도 필요한 과정이라 생각하며 시간을 주고자 했다.

시간을 준다고 해결되는 일이 아니었다. 괜한 배려였다. 아니, 배려가 아니다. 부모로서 마땅히 해야 할 처신이다.

더 이상 실망하고 남아 있는 감정마저 다치기 전에, 바람직한 부모의 자세로 좋은 부부는 아니었지만 좋은 양육자로서 책임을 다할 수 있는 날이 오길 바란다.

그래서 나를 보고 싶어 한다는 남편의 말이 더 곧이곧대로 들리지 않았고 받아들일 수도 없었다. 가장 마음 아픈 건 그가 내게 보이는 모습이었다. 그는 경제적으로 나를 압박하는 게 가족이 다시 모이는 지름길이라고 생각하는 듯 쉽게 지갑을 열지 않았다.

나는 그와 상관없이 우리 가족의 행복을 위해 독립을 선택했다.

이 선택이 우리 모두의 행복과 성장을 위한 길이라 믿어 의심치 않는다. 우리 가족 모두가 진정한 자아독립을 이루고 좋은 모습으로 성장해 가기를 진심으로 기도한다.

오후 5시의 풍경이
얼마나 아름다운지

졸혼 전, 나는 오후 5시가 되면 마음이 굉장히 불안해졌었다.

예민한 남편이 퇴근하기 전에 집을 치워야 할 것 같고, 저녁을 맛있게 차려 내야 하며, 정리정돈 상태가 나쁘지 않은 상태로 남편이 퇴근해 오기 직전까지 집을 유지해야 한다는 울렁증이 있었다.

그래서 오후 5시 전부터 마음이 바빠지고 불안했다.

막내 유치원 하원 시간인 4시 30분부터 마음이 바빠졌다. 아이를 집으로 데리고 와 저녁을 준비해선 때 되면 먹이고, 모든 식구가 저녁 식사를 마치고 각자 할 일을 찾아가면, 나는 설거지와 뒷정리를 마치고 나서야 비로소 마음을 놓았다.

그러나 그때쯤 되어도 일이 끝나지 않아 자기 전에 다시 집안 정리를 하기가 다반사였고, 그나마 아이들이 좀 자란 뒤에야 모른 척 책을 읽거나 필요한 일을 하는 시간을 가질 수 있게 되었다.

그럼에도 오후 5시의 울렁증은 10년간 고쳐지지 않아서, 오후 5시 무렵이면 마음이 너무나 바빠졌다. 심장이 두근거리기도 했다.

해가 길어지고 날씨가 화창한 봄·가을이면 오후 5시의 풍경이 얼마나 아름다운지 모른다.

싱그러운 봄바람이 얼굴을 스칠 때도, 가을 단풍이 아름답게 거리를 물들일 때도, 오후 5시에 집에 들어가기 싫어 걸음이 느려지는 아이의 손목을 잡아끌어야 했다. 더 놀기 원하는 고만고만한 나이의 아이들 손을 잡고 나는 집을 향해 발걸음을 옮겼다.

아이의 작은 손을 꼭 쥐고 집으로 들어가는 내 마음도 좋을 리가 없었다. 더 놀게 해 주고 싶고 더 놀아 주고도 싶지만, 그러지 못하는 때가 대부분이었다. 누가 뭐라 하지 않아도 내가 쫓기고 불안하기에 그럴 수가 없었다.

집을 향해 바삐 걸어가는 산책길 가장자리 벤치에 아이 엄마들이 앉아서 담소를 나누고 있었다. 그들의 실제 삶이야 어떨지언정, 한결 여유로워 보이는 모습이 부럽기도 했다. 그들은 쫓기는 것 하나 없이 아이들보다 더 한가로워 보였으니 말이다.

예전에 《푸름이 엄마의 육아 메시지》를 읽었는데, 대략의 내용이 생각난다.

푸름이 부모님은 푸름이 형제를 독서 영재로 키웠는데, 어릴 때부터 엄마가 아이들에게 책을 읽어 주다 보면 아빠가 퇴근할 시간이 될 무렵에도 집안일이 되어 있지 않은 경우가 많았다고 한다.

그때 푸름이 아빠는, 본인이 퇴근할 시간이라고 해서 상관하지 말고 아이와 보내는 시간에 집중하라고 말했다고 한다. 그런 남편, 아빠의 존재가 참 부럽다는 생각을 했었다.

내가 늘 불안했던 이유는, 남편이 집안 상태를 중요하게 생각하고 상태에 따라 집안 공기가 달라지기 때문이었다. 집안이 어질러져 있으면 그는 화를 냈다.

나중엔 그도 포기하고 방으로 들어가 버렸지만, 그런 식의 생활이 나라고 편했을 리가 없다. 나도 표현하지는 않았지만, 불안하고 억눌린 상태로 오랜 시간 살아왔고 트라우마가 오래도록 지속됐다.

그런데 독립해서 나와서는, '오후 5시'라는 시간이 내가 가장 편안해지는 때가 되었다.

책을 읽거나 청소하거나 저녁 준비를 하더라도 불안하지 않고, 있는 그대로 내 감정을 느끼며 편안하게 생활할 수 있게 되었다.

어느 날엔 아이들을 데리고 영화를 보러 가기도 했고, 함께 책을 읽거나 놀기도 했다. 산책도 했고, 만들기도 했고, 공부도 했다. 독립한 지금, 내 시간을 온전히 가지고 내 감정을 내가 주도하면서 내가 나의 시간을 계획하고 행복함을 느끼며 지내고 있다.

누구의 눈치도 보지 않고, 불안할 일도 없으며, 매 시간이 감사하고 보람 있고 의미 있다. 놀기 원하는 아이와 마음껏 놀아 줄 수 있고, 원하는 만큼 밖에서 시간을 보내기도 한다. 시계 종소리가 울려도 집에 뛰어 들어가지 않아도 되고, 자주 시간을 확인하지 않아도 된다.

언젠가부터 5분 단위로 시간을 확인하는 버릇이 생겼다. 시간 단위로 어떻게 움직이고 어느 정도로 일을 마쳐야, 다음 시간이 밀리지 않고 제대로 일을 진행할 수 있는지 가늠하는 버릇이었다.

요즘은 편안히 지낸다. 강박적으로 나를 다그치지 않아도 되고 더 불안하지 않아도 되는 삶. 내가 선택한 독립 이후의 삶이 가져다준 최고의 평화이다.

나는 인생의 징검돌을
건너는 중입니다

독립 후 맞이한 첫 명절은, 결혼 후 처음으로 편안하게 보냈다. 둘째는 선물을 사 주겠다는 말에 혹해 아빠를 따라 할머니 집으로 갔고, 셋째는 외할머니를 따라 외가로 갔다.

첫째는 내 옆에 남아 나와 데이트를 하길 원했다. 그래서 나는 첫째 아이와 함께 영화를 보고 산책을 하며 명절을 보냈다. 참으로 오붓하고 편안하고 여유로운 시간이었다.

아침나절까지 늦잠을 잤고, 점심은 먹고 싶을 때 먹었으며, 저녁도 샌드위치로 때웠다. 상다리 부러지게 차려 지칠 때까지 먹고 허리가 부러질 것 같이 일했던 여느 명절과는 달리, 단출하고 오붓하고 조용하게 지냈다. 괜찮았다.

하늘은 푸르고 바람은 시원했다. 공기는 차분하게 내려앉고 거리도 한산했다. 그런데, 잘 쉰 듯 보였던 하루였지만 명절 저녁부터 다음 날까지 지독한 몸살을 앓았다. 긴장이 풀려 버린 느낌이었다.

명절 전날, 시댁에 가지 않겠다는 이유로 아이 아빠와 문자 메시지로 실랑이를 벌였고 나는 기력을 소진하여 뻗어 버렸다. 참으로, 질리고 질긴 넝쿨에 내 영혼이 갇혀 버린 것 같았다.

그는 긴 실랑이 끝에 나에게 준 노트북까지 돌려 달라고 했다. 치사하지만, 돌려주었다.

길게 산 건 아니지만, 인생은 강물에 드문드문 놓인 징검돌을 뛰어 건너는 일이 아닌가 하는 생각이 든다.

돌과 돌 사이의 간격과 물살의 세기, 물의 깊이를 어림하고 첫 돌부터 두 번째, 세 번째, 네 번째… 다음 돌을 향해 뛰어야 한다. 나이가 어릴수록, 다리가 짧고 겁이 나서, 잘 넘지 못할 수도 있다.

넘어 보지 않은 돌이라, 한 걸음 가 보지 않은 길이라, 선뜻 용기가 나지 않을 수도 있다. 그러나 아이의 몸과 마음이 자라면서, 아무리 물살이 거세게 흘러내려 간다 할지라도 다음다음 돌까지 건널 수 있게 될 것이다.

나는 지금 내 인생의 징검돌을 건너는 중이다. 아이들도 징검돌을 건너고 있다. 넘어지고 다치면서도 포기하지 않고 건널 것이다. 계속해서 뛰어넘으며 내 삶의 길을 찾아가고 싶다.

아이들도 어느 때가 되면 부모 도움 없이 스스로 징검돌을 찾아 건너야 할 것이다. 우리가 건널 강 너머에 어떤 길이 펼쳐질지 모르지만, 두렵지 않다.

결혼 독립 후, 주변에서 걱정스러운 시선이 느껴진다. 어떻게 살아가려고 그러냐고, 오지랖 넓은 말들이 내 몸에 달라붙는다.

알랭 드 보통의 소설 《왜 나는 너를 사랑하는가》에 재미있는 이야기가 나온다. 자신이 '달걀 프라이'라는 망상에 빠져 살아가는 사람의 이야기다.

그는 자신이 달걀 프라이라고 여겨, '찢어질까 봐' 아니면 '노른자가 흘러나올까 봐' 어디에도 앉을 수가 없다. 의사는 그의 공포를 가라앉히기 위해 온갖 노력을 하였으나 소용없었다.

마침내 어떤 의사가 망상에 사로잡힌 환자의 정신 속으로 들어가 제안한다.

"늘 토스트 한 조각을 가지고 다니세요. 그렇게 하면 앉고 싶은 의자 위에 토스트를 올려놓고 앉을 수 있고, 노른자가 샐 걱정을 할 필요도 없지 않겠어요?"

그때부터 환자는 늘 토스트 한 조각을 가지고 다녔으며, 대체로 정상적인 생활을 할 수 있게 되었다고 한다.

인생의 '토스트' 한 조각을 찾아내면 문제가 해결될 수 있음을 보여주는 위트 있는, 지혜로운 해결책.

내 인생의 토스트 한 조각은 무엇일까? 내가 아이들에게 토스트가 되어 주고 싶고, 독서가 내 인생의 토스트이며, 나를 사랑하는 지인들이 내 인생의 토스트이기도 하다.

그러나 토스트가 없다 해도 두려워하지 않을 것이다. 나는 달걀 프라이가 아니니까.

괜한 염려는 도움이 되지 않는다. 염려를 위한 염려는 거두는 게 좋고, 도움이 되지 않을 바에야 남의 근심까지 내 어깨에 짐 지울 필요는 없다.

남들처럼
살지 않겠다는 다짐

몇 년 전 정말 무덥고 그렇게 더울 수가 없었던 여름, 우리 집에는 에어컨이 없었다. 나는 세 아이가 방방 뛰고 있는 거실 한편에서 내 앉은키만큼 수북이 쌓인 다섯 식구의 빨래를 정신없이 개고 있었다.

선풍기 2대가 거실 이쪽저쪽에서 열심히 회전 모드로 작동하고 있었지만, 잠깐의 스치는 바람 따위에 더위가 식혀질 리 없었다.

첫딸 아이를 보는데 갑자기 눈물이 났다. 저렇게 활기차고 꾸밈없이 웃고 긍정적인 아이가 커서 빨래나 개고 앉아 있을 모습을 상상하니, 갑자기 눈물이 핑 돌면서 심장이 쿵! 내려앉았다.

결혼 후 내가 사는 모습을 보고 친정 엄마는 자주 넋두리를 했다.

"내가 그러라고 너 힘들게 대학 공부 시킨 줄 아니? 너도 내 나이 돼 봐라, 딸이 너처럼 사는 모습 보면 마음이 어떤지."

나의 대답은 이랬다.

"내가 어때서, 남들도 그러고 살아…. 그럼 빨래를 개야지 안 개요?"

물론 빨래 갠다고 한 말은 아니다. 전반적으로, 딸이 시집가서 사는 모습이 엄마에게는 고생스러워 보였을 것이다.

'먹고 싶은 거 못 먹고, 입고 싶은 거 못 입고, 하고 싶은 거 못 하고, 가고 싶은 데 못 가고….'

그 말에 엄마가 나를 생각하는 총체적인 고생이 다 들어 있었다.
모든 부모님은 자식이 결혼해 '남들 사는 것만큼' 사는 게 행복이라 여기고, 결혼한 자녀는 '남들 못지않게' 살고 싶을 것이다.
단지, 나는 '남들 사는 것만큼 살지 못하고 있는 현실'을 고생이라고 생각하지 않았을 뿐이다.

'남들도 다 그러고 살아.'

그렇게 나를 위로하며 참아 냈다. 어른들의 흔한 말처럼, 살다 보면 언젠가는 좋은 날이 올 거라고 믿었다. 아니, 기다렸다는 게 옳겠다. 그런데 어느 순간, 내 자아는 이렇게 말하고 있었다.

"남들처럼 살기 싫어!"

하고 싶은 일을 하고 싶었다. 이렇게 사는 건 아닌 것 같았다. 《여자의 독서》에서 저자는 '딸'이라는 말을 다음과 같이 표현했다.

'딸'이라는 말을 나는 참 좋아한다. 딱 한 자의 명료함, 혀가 입천장을 딱 칠 때 느껴지는 그 경쾌한 발음, 그리고 딸이라는 말이 자아내는 수 없는 감정들. '딸'이란 얼마나 오묘한가! (중략) 나는 딸들이 내가 자랄 때 먹었던 '지레 겁'을 먹고 살지 않기를 바란다. 나는 딸들이 건강한 분노를 느끼면서 살기를 바란다. 자랄 때 스스로를 사로잡았던 분노를 훨씬 더 긍정적인 분노로 바꿔 나가기를 바란다. 어리석었던 실수를 덜 저지르고 미숙했던 시행착오를 덜 겪기를 바란다. 훨씬 더 멋진 실수를 저지르고, 훨씬 더 근사한 시행착오를 겪으면서 훨씬 더 커지기를 바란다.

나 역시 '딸' 입장에서 지금까지의 삶도 좋았다. 그래서 지금의 내가 있으니까. 다만, 내 딸들도 자신의 삶을 선택해 그 선택에 책임을 지고 헤쳐 나갔으면 좋겠다.

나는 힘껏 응원할 것이고, 언제든지 편이 되어 줄 것이다. 그리고 내게도 나를 응원해 주는 친정 부모님과 지인들, 그리고 나! 내 편이 되어 주는 존재가 많다.

남편의 삼시 세끼를
챙기는 자세

《그동안 당신만 몰랐던 스마트한 실수들》에 나오는 이야기다.

'10년 동안 매일 저녁, 똑같은 양념의 닭 요리를 먹은 부부'를 소개하며 부부 사이에 오인하여 생기는 '이심전심'에 대해 말하고 있다.

아내는 일주일에 딱 한 번, 시중에 판매하는 양념 가루로 똑같은 요리를 해 매일 저녁 조금씩 데워 남편에게 내놓는다.

매일 요리하는 게 아내의 의무라고 주장한 남편에게 화가 나기 때문이다. 아내는 그런 식으로라도 남편에게 상처를 주고 싶었다. 남편이 한 번쯤은 왜 그러냐고 물어봐 주길 바랐다.

그러나 남편은 한 번도 묻지 않았다. 전문가는 남편에게 매일 똑같은 요리를 먹으면서 불평하지 않은 이유를 물었다. 그랬더니 남편이 간단하게 대답했다.

"그 요리를 좋아하니까요."

이 얼마나 맥 빠지고 어이없는 대답인가. 그런데 나는 이 이야기가 유독 와 닿았다.

남편은 아내가 매일 차려 주는 요리를 맛있게 먹었을 것이다. 좋아하는 요리를 먹으면 행복해지고 몸이 편안해지고 기분이 좋아진다. 설령 아내와 사이가 좋지 않아 기분 좋은 내색을 하지 않는다 하더라도, 남편으로선 편안한 식사를 누리며 일상을 살아왔을 것이다.

그런데 아내 입장은 어떤가. 아내는 남편이 물어봐 주길 바랐고, 힘든 점을 알아주길 바랐고, 대화를 나누고 싶어 했을 것이다. 그렇게 화가 나고 지치고 불행한 삶을 감당해 왔을 것이다.

한 공간에 있으면서도 서로를 바라볼 수 없는 아픔은, 영화 〈인터스텔라〉의 한 장면과도 같이 느껴진다. 책장을 사이에 두고 있으면서도 알아보지 못하고 느끼지도 못하는 존재에 대한 가치, 확신 그리고 어긋나는 서로를 향한 마음.

우주보다 더 난해한 이 갈등의 상황과 문제는, 현실에서 수없이 일어난다. 우리가 모르는 '실수'로 인해서.

책은 그것이 '이심전심'의 착각이라고 말한다. 부부 사이에 '이심전심'이 아닌, '나는 나, 너는 너'인 다름으로 생기는 갈등은 너무 크고 많다.

남편과 살면서 5년쯤 도시락을 만들었던 것 같다. 아침과 저녁을 집에서 해결하고, 점심은 도시락을 싸서 출근하는 남편의 삼시 세끼를 해결하기란 너무 힘들었다.

그가 나에게 어찌하든 나는 그의 식사를 살뜰히 챙겨야 할 때, 그 굴욕적이고 지치는 마음은 나의 통제력을 넘어서곤 했다. 그러나 내가 끝까지 지킨 소신은, 음식에 독을 담지는 말자였다.

적어도 깨끗한 마음으로 먹는 사람에게 음식을 주고 싶었다. 그래야 할 것 같았다. 그런데 갈등이 극에 달해 막판에 독립해서 나오기 전 몇 개월은 나를 통제하기가 너무 힘들어, 한 달 동안 도시락 반찬으로 김치, 깍두기만 시위하듯 싸 준 적이 있다.

남편은 내색 없더니 한 달 후 '매일 똑같은 김치, 깍두기 먹는 게 힘들다'고 했지만, 나는 보란 듯이 싸 주었다. 그가 만약 내 아들이라면, 다리라도 부러뜨려 제대로 된 가장이자 아빠 노릇을 하게 만들었을 것이다. 이혼을 시키든 별거를 시키든, 두고 보지 않았을 것이다.

책을 읽으며 매일 똑같은 요리를 내놓았다는 아내의 사례가 내 눈에 더 도드라지게 보였다. 그리고 "그 요리를 좋아하니까요"라는 남편의 천진스럽기까지 한 대답이 안타까웠다.

애들 아빠도 내가 하는 요리를 좋아했다. 그런데 내가 하는 요리만 먹었다. 까다롭고 위가 약하고, 조미료 들어간 음식은 소화하지 못하며, 외식하면 설사를 하는 그의 성향은 갈수록 심해지는 듯했다.

이심전심이 아니었는데 헛다리 짚으며 살아온 13년의 결혼 생활, 올가미에서 빠져나와 돌아본 나의 결혼 이야기, 한 편의 영화를 다 보고 극장을 나온 느낌이다. 후련하고 끝난 기분, 갇혀 있던 모든 테두리에서 스스로 묶인 줄을 끊고 나온 기분.

사람마다 가지고 있는 영화의 잔재는 살면서 문득문득 생각나고 떠오를 때가 있지만, 평생 품고 살지는 않을 것이다. 영화에 대한 기억은 내 삶 속에 한때의 추억과 하나의 장면으로 남겨진 채, 어느 날엔다 잊힌 줄도 모르고 편안하게 흘러갔으면 좋겠다.

다음에 펼쳐지는 더 좋은 이야기들로 내 기억이 채워지고 새로운 추억이 쌓여 가면서, 내 마음속에 좋은 기억의 잔재들로 가득해지면 좋겠다. 우리가 몰랐던 실수들로 겪는 고통과 아픔은 그대로 안고 가야 할 숙제로 남는다.

그러나 과거의 사실에 대해 내가 할 수 있는 일이 아무것도 없다고 믿는다면, 앞으로 해 나갈 수 있는 일에 대해서도 제약이 생길 것이다. 바뀐 현실과 바뀔 미래, 희망을 가슴에 품고 오늘을 살아가는 것이 진정한 내 삶이 되리라 믿는다.

나의 결혼 생활은
결코 하찮지 않았다

남편과 함께 살았던 집 거실에선 산이 보였다. 사시사철 산을 볼 수 있는 게 좋아서 그 집을 선택했다.

암담하고 힘든 일이 많았어도 산을 보며 위로받고, 산 덕택에 숨을 쉴 수 있었다. 요즘, 눈만 뜨면 마음껏 볼 수 있던 산이 없음에 허전할 때가 있다. 예전엔, 날이 좋으면 아침에 눈을 뜨자마자 문안 인사하듯 거실 창을 활짝 열고 환기시키곤 했다.

창밖에서 불어오는 산바람이 그렇게 맑고 쾌적할 수 없었다. 그때만큼 산이 나를 위로하는 듯한 느낌을 받아 본 적이 있던가.

다른 건 다 놓고 왔어도 미련이 없는데, 산의 풍경이 눈에 밟힌다.

마치 두고 온 강아지를 생각하듯, 산의 눈망울이 떠오르고 산의 보드라운 발바닥이 만져지는 듯하다.

도종환 시인의 〈산을 오르며〉라는 시가 있다. 시작은 이렇다.

산을 오르기 전에 공연한 자신감으로 들뜨지 않고
오르막길에서 가파른 숨 몰아쉬다 주저앉지 않고
내리막길에서 자만의 잰걸음으로 달려가지 않고
평탄한 길에서 게으르지 않게 하소서

흔히 '성공'을 등산에 '실패'를 하산에 비유하는 걸로 보아, 산은 분명 '인생'과 닮은 구석이 많다. 산을 좋아하지만 등산은 힘들어해서 자주 오르진 못했어도, 산에 갈 때마다 느끼는 건 역시 인생과 산이 닮았다는 깨달음이다.

꽃과 새와 푸른 잎이 나를 행복하게 하고 외롭지 않게 하는 길, 함께 가는 사람과 이야기 나누며 앞서거니 뒤서거니 가는 길.

물과 신선한 야채, 과일이 얼마나 힘을 나게 하는지, 잠깐 앉아 먹는 간식의 즐거움도 산을 오르는 재미가 아닌가 한다.

산을 오르며 깨달음을 얻기도 하고, 크고 작은 문제들을 산길에 내려놓게 된다. 산은 얼마나 많은 사람의 수고와 고민을 위로해 주고 가만히 들어주며 이 땅을 지켜 왔을까.

산을 오르며 시인이 생각한 인생에 대한 상념들은 시에 잘 나타
나 있다. '산을 오르기 전에 들뜨지 않고, 오르면서는 주저앉지 않
고, 내려오면서는 자만해서 달려가지 않고, 평탄한 길에서는 게으르
지 않게 하소서'라는 고백이 시인의 인생에 대한 기도문 같아서 나
도 겸허히 읽고 되뇌게 된다.

도종환 시인의 〈산을 오르며〉가 수록된 시집의 제목은 《슬픔
의 뿌리》이다. 우리 삶의 뿌리는 나무와 닮았다. 나무의 감정을 표현
한다면, '슬픔'이 아닐까.

나무는 땅을 사랑하여 땅에 뿌리내리지만, 근원적인 슬픔에서 꼿
꼿이 대쪽 같은 줄기를 뻗어 낸다. 잎이 열리고 열매가 맺히고 겨울에
눈을 소복이 맞으면서도 언 땅에 서 있는 건, 나무가 땅을 사랑하는
까닭이고 존재하는 이유다.

그럼에도 뿌리째 뽑혀 옮겨지거나 생을 다할 때는 더 이상 땅에서
살아갈 수 없을 때. 살아왔던 시간은 헛되지 않아 나무를 기억하는 존
재가 있을 것이다. 오가는 등산객이든, 다람쥐든, 산새라도.

이 세상에 존재한다면, 내가 그 존재에게 유무형의 도움을 받았다
면, 나는 '기억'해야 할 책임을 갖는다. 잊는다는 모든 것이 '망각의 축
복'은 아니기에.

〈산을 오르며〉 마지막 시구.

산 내려와서도 산을 하찮게 여기지 않게 하소서

산이 그곳에 있어 좋았다. 역시 올라갔다 오길 잘했다. 산을 내려왔다고 해서 하찮게 여기지 않듯, 나의 결혼 생활에 대해서도 같은 마음을 가지고 싶다.

'결혼을 하기 전에 공연한 행복감으로 들뜨지 않고, 살면서 가파른 숨 몰아쉬다 주저앉지 않고, 이별하고 나오면서 자만의 잰걸음으로 달려가지 않고, 삶의 평탄한 길에서는 게으르지 않게 하소서.'

앞으로의 시간들이 행복의 뿌리, 희망의 뿌리가 되어 주기를 바란다. 오르막길과 내리막길이 반복된다 하더라도 내 마음의 뿌리에서 아이들이 힘차게 자라갈 것이기에, 나는 '결혼 기억'에 대한 책임을 갖고 살아갈 것이다.

나의 결혼 생활은 결코 하찮지 않았다.

내 행복은
내가 책임진다

더글라스 케네디의 자전적 소설 《빅 퀘스천》에 나오는 이야기이다.

이탈리아 작곡가 로시니는 바그너의 〈니벨룽겐의 반지〉에 대한 소감을 묻는 말에 대답했다.

"15분은 멋지군요."

저자는 이 말을 예로 들면서 '아무리 끔찍한 결혼 생활이라도 아주 잠깐 동안은 멋진 순간이 있게 마련이다'라고 표현했다.

더글라스도 아내와의 오랜 갈등으로 극심한 괴로움을 겪었고 결국

이혼을 했는데, 그 과정에서 친구에게 말했다.

"나 또한 가정을 깨는 게 두려웠어. 이혼하고 나서 과연 내 삶이 어떤 식으로 전개될지 두려워 오랫동안 망설였지. 하지만 불행한 결혼 생활을 계속한다는 건 내 삶을 지속적으로 우울하게 만든다는 사실을 깨닫고 용기를 냈어."

내가 이 책을 더 일찍 만났더라면, 진즉 결혼 생활을 그만두었을 것 같다. 그러나 인생에는 '때'가 있기에, 그동안 살아온 나의 시간들이 나는 만족스럽고 좋기까지 하다.

누구는 더 일찍 그만둬야 했다고 말하겠지만, 그리했다면 지금 내가 가진 '내공'은 채워지지 않았을 것이다.

살아보니, '인생에 있어 결혼이 전부가 아니다'라는 생각에 이르게 되었다. 물론 결혼이 전부라고 생각하며 시작한 건 아니었으나, '결혼을 끝내면 큰일'이라는 고정관념 속에 오랜 기간 파묻혀 있었던 게 아닐까 싶다.

인생을 길게 볼 때, 내가 선택하고 이뤄 갈 수 있는 행복의 기회가 얼마나 많을까. 크고 작은 일들이 모두 내 생활 속으로 들어올 때, 우리는 그것을 감정으로 받아들이고 남긴다. 달면 삼키고, 쓰면 뱉고.

하지만 쓰다고 생각했던 일이 나중에 달게 느껴지는 일도 많은 것 같다. 그래서 인생은 살아갈 만한 게 아닐까?

저자는 '행복은 자기 자신에게 달려 있다'고 말한다. 그리고 많은 사람이 '스톡홀름 증후군'에 빠져 잘못된 결정을 내리곤 한다고 말한다. '덫에 갇혀 있으면서도 체념적으로 받아들여 안주하게 되는 것'이다.

교도소에 수감된 죄수들의 의식을 조사한 통계에 의하면, 죄수들 중 일부는 바깥세상을 불안정하게 생각해 출소를 꺼린다고 한다. 가보지 않은 길이기 때문에 선뜻 나서기가 두렵고, 예상되지 않기에 결정이 힘들 수 있다.

그럼에도 사람들은 가지 않은 길에 대한 후회를 갖고 있다. 인생의 선택에서 가장 우선적으로 고려해야 할 점은 무엇일까 하는 질문에 저자는 말한다.

"자기 자신을 진정으로 행복하게 해 줄 수 있는 선택이 무엇인지 깊이 생각해 보아야 할 것이다."

오늘의 선택이 내일의 행복을 결정한다고 생각하면, 내 선택이 정말 중요하다는 걸 알게 된다. 선택 앞에서 다른 사람들의 시선을 떠올리지 말고, 내 마음이 이끄는 데로 선택하면서 내게 다가오는 감정의 얼굴을 마주하자. 그것이 내가 나의 행복을 책임지는 일이다.

남들이 나를 어떻게 생각할지, 다른 사람들이 나의 결혼에 대해 뭐라고 수군거릴지 신경 쓰지 말고, 만들어 가고 싶은 삶의 콘텐츠를 꾸려 가길 바란다.

인생은 너무 짧기만 하다. 불행도 슬픔도, 15분 정도일지 모를 짧을 기억에 얽매이지 말자.

결혼하지 않는다고 인생의 패배자가 아니듯, 이혼한다고 인생의 낙오자가 아니다. 삶의 콘텐츠는 자신의 선택에 따라 달라진다. 콘텐츠를 만들어 가는 건 개인의 선택이고 능력이며, 곧 삶이다.

결혼 졸업, 지금의 삶이 앞으로 꾸려갈 콘텐츠가 시작되었음을 말한다. 나의 콘텐츠가 어떻게 만들어질지, 성공과 의미가 더 중요하다. 결혼이 좋으면, 양질의 '결혼 콘텐츠'를 채워 가면 되는 것이다.

각자가 양산해 가는 양질의 콘텐츠가 인류의 삶과 발전에 기여할 수 있기를. 무엇보다 내 삶에 후회와 미련을 덜 남기는 것, 남은 인생에 큰 그림을 그려 보길 바란다. 내 행복을 내가 책임지는 방법이다.

지금까지 살아왔듯
앞으로도 살아가기

13년의 지난한 결혼 생활에서 독립한 지도 어언 1년이 되어 간다.

많은 분이 축하해 주고 격려와 응원을 보내 주었다. 심지어 부러움까지 받으며 따뜻한 관심과 배려 속에 하루하루를 지내고 있다. 돌이켜 보면, 갑자기 집을 뛰쳐나온 건 아니었고 차곡차곡 독립에 대한 의지를 다져왔다고 말할 수 있겠다.

생각하기에 따라 집을 뛰쳐나오기로 '작정하고' 살아온 듯한 오해를 받을 수도 있을 것 같아, 한번 정리하고 넘어 가고자 한다.

나는 '행복하기 위해' 살아 왔다. 인류 평화에 기여하고 지역 사회에 이바지하고자 열과 성을 다해 결혼 생활을 하기보다는, 나의 행복과 내 가정의 평화를 위해 할 수 있는 노력을 하며 하루하루 더 나아지는 삶을 꿈꾸는 게 우리의 모습이 아닐까.

나는 그러했다. 우리 가족이 행복하기를, 그리고 내가 행복해지기를. 유일한 바람이었다.

좋은 옷을 입고 아름다운 곳으로 여행을 간다거나 통장 잔고가 얼마인지에 따라 '행복'이 달라지는 게 아니라, 나와 내 아이들이 안전하고 따뜻한 환경 속에서 살아가길 바랐다.

소박한 밥상 위에서도 웃음꽃이 피어나고 작은 마음의 표현에도 기뻐하고 고마워할 줄 알면서 하루하루를 살아가고 싶었다.

내가 생각하는 '행복'에 대한 바람은 그런 것들이었다.

그런데 마음처럼 잘 안 되었고, 살아갈수록 내 소망과는 점점 더 비참하게 멀어져만 갔다. 그래서 나는 결단했고, 용기를 냈고, 실행에 옮겼다. 그래서 독립했다.

결과적으로는 독립했지만, 처음엔 어느 날의 '하루'로 시작했다.

그의 혈기로 공포스러웠던 어느 날, 나는 아이를 데리고 지인의 집으로 피신했고, 그곳에서 잠든 아이의 등을 토닥이며 내 맘을 다독이듯 밤을 지새웠다.

따뜻하고 아늑하게만 느껴지는 남의 집에서 뜬눈으로 밤을 새우고, 그가 출근하길 기다렸다가 집으로 돌아왔다. 지난밤의 흔적들이 내 결혼 생활의 단면을 보여 주는 것 같았다.

주방 바닥에 산산조각 나 있는 깨진 접시들을 보면서 나는 알았던 것이다, 언젠가는 이곳을 떠나야 한다는 걸.

그땐 그랬다, 집으로 다시 돌아왔다. 그러나 그런 하루하루가 쌓여 돌아갈 수 없음을 인지하기에 이르렀다. 돌아가야 할 집이 아니라, 더 이상 있을 수 없는 집이 되어 버렸던 것이다. 절망이자 돌이킬 수 없는 불행을 의미했다. 그래서 나왔다. 이제 '나'의 집으로….

말하고 싶은 한 가지!

독립에 대한 나의 의지와 확신을 꺾는 사람들의 의견에도 맞서지 못한다면, 독립에 대한 염원과 달리 실제로 이루어질 확률은 희박하다.

내가 원하는 삶이 어떤 모습인지 내가 원하는 것이 무엇인지 생각했던 무수히 많은 불면의 밤과 '독립 연습'의 시간이 없었다면, 더 많은 시행착오와 어려움이 따랐을 것이다.

독립에 대한 확신이 확고하지 않아 주변 사람들의 불안한 이야기에 휘둘리면 실패하고 만다. 완전한 확신을 가지고 독립을 결정하고 추진해야 한다.

경제력 확보를 위한 노력과 탄탄한 인적 네트워크를 구축해 나가는 일이 필요하다. 내 신념을 지지해 줄 사람들과 도와줄 사람들의 네트워크를 구축하고, 나의 심리적·정서적 어려움을 책임져 줄 상담 선생님과 멘토가 있으면 더욱 좋다.

나 역시 그랬다.

불안하고 힘들고 슬플 때, 나조차 깨닫지 못하는 나의 감정과 상황을 주변의 지인들과 상담 선생님이 객관적으로 정리해 주었고 든든한 아군이 되어 주었다.

어느 날 갑자기 완전한 독립이 가능하냐면, 절대 그렇지 않다. 하나하나 차곡차곡 자원을 축적하고 인적 네트워크를 구축하고 재능을 연마하고 독립할 능력을 키워가는 시간이 절대적으로 필요하다.

특히 결혼 생활이 오래일수록 남편으로부터의 일상적인 폭언과 폭력, 학대 상황으로 그로기 상태가 될 확률이 높으므로, 심리적으로 위축되고 연약해지기 쉽다.

자존감은 점점 낮아지고 마음이 무너질 때는 정확한 판단을 내리기도 어려워진다. 그래서 신뢰할 만한 든든한 인적 네트워크가 필수다.

돈 있고 백 있고 능력 있으면 쉽겠지만, 돈 없고 백 없고 능력 없으면 돈을 쌓고 백을 쌓고 능력을 쌓는 시간과 노력이 필요하다. 자립하여서도 굳건히 생활할 수 있는 힘이 필요하다는 말이다.

독립을 생각한다면 결혼 생활 중에도 부지런히 경력을 쌓아야 한다. 남편만 바라보고 의지하면서 남편 없이는 아무 일도 하지 못한다면, 독립은 멀어지고 건널 수 없는 강이 된다.

결혼 생활을 하는 동안 나는 나대로 독립 이후의 삶을 이끌어 갈 수 있는 연습을 충분히 했기에, 독립해서도 독립 이전의 삶과 큰 차이 없이 오히려 더 여유 있고 편안한 생활을 하고 있다.

막상 용기 내어 독립하니, 살게 되었다. 더 이상 눈치 보지 않고, 나답게 살아졌다. 나의 알을 스스로 깨고 나오니, 넓은 세상이 있었다. 나에겐 의지가 있었다. 어떻게든 헤쳐 나갈 수 있다는 확신과 용기가 나를 이끌었다.

인생은 용기 내어 두드리는 자에게 문을 열어 준다고 한다. 용기 내어 두드리라, 문이 열릴 것이다.

열린 문으로 들어가면 다음의 길이 열린다. 그 길은 지나온 길보다는 험하지 않을 것이라 믿는다. 설령 험하다 할지라도, 독립된 나로서 마주하는 그 세상은 살아갈 만할 것이라 믿는다.

지금까지 살아왔다면 앞으로도 살아갈 수 있다.

: 2부

우리 가족
행복하게 해 주세요

울타리가 되어
세상을 보여 주고 싶어

코끼리는 긴 코로 잎과 열매를 따서 먹을 수 있다. 코로 물을 먹을 수도 있고 새끼 코끼리들의 목욕도 시켜 줄 수 있다. 코끼리의 코는 못 하는 게 없다.

코끼리 가족은 엄마 코끼리와 새끼들만 있다. 아빠 코끼리는 가족과 떨어져 살면서, 멀리서나마 가족을 지켜 준다고 한다.

나는 엄마 코끼리다. 아이들을 지키고, 먹이고, 건강하게 자라도록 하나뿐인 코끼리 코를 힘차게 사용해 오늘도 정글 속을 살아간다.

코끼리 가족이 위험에 처하면, 엄마 코끼리는 코를 들어 나팔 소리를 낸다. 그러면 순식간에 다른 코끼리 가족들이 몰려와 새끼 코끼리를 에워싸고 보호한다. 우리 가족은 코끼리 가족 같다.

노는 걸 좋아하고 장난치고 툭하면 넘어지고 씨름하는 아이들을 보면, 꼭 새끼 코끼리 같다. 덩치는 큰데, 노는 게 새끼 코끼리 같다.

커다란 몸통에 무엇이든 잘도 먹는 새끼 코끼리들은 몸에 달린 천연 빨대코로 물도 마시고, 풀잎을 긁어모아 입으로 가져간다. 먹보 신수 코끼리들, 우리 아이들 같다.

엄마 코끼리가 잠을 자면 엄마의 그늘 옆에 와서 함께 자고, 햇볕이 내리쬐는 여름이 되면 엄마의 커다란 귀 아래로 와서 엄마의 부채 바람을 쐬는 새끼 코끼리는 엄마의 분신, 엄마의 모든 것이다.

덩치는 크지만 큼지막한 눈을 끔벅거리며, 온순하기 그지없는 얼굴로 팔랑팔랑 장난질을 치는 새끼 코끼리 같은 내 아이들. 아이들의 사랑스러운 모습을 보면서 엄마 코끼리가 되어야겠다고 생각한다. 친구 같고, 든든한 울타리가 되어 주며 온 세상을 보여 줄 수 있는 엄마.

결혼 졸업 후 맞이한 큰아이의 초등학교 졸업식에 아이 아빠는 오지 않았다. 어쩌면 그 편이 더 편했을 수도 있었겠지만, 그래도 아이 입장에서 괜찮았을까 생각했다. 혹시라도 아이가 아빠의 빈자리를 많이 느껴 졸업식에 대한 기억이 쓸쓸하게 남겨질까 봐….

다행히 나의 기우에 불과했다. 아이는 커다란 꽃다발과 외할아버지, 외할머니, 엄마, 동생의 축하를 받으며 즐거워했다. 내가 생각하는 것보다 훨씬 강단 있고 야무지게 자라난 아이를 보며 고맙고 대견한 마음이 들었다.

　형식적이거나 보이는 면들에 좌우되지 않고 자신의 감정을 들여다볼 줄 아는 아이는, 나보다 더 빠르게 적응 중인지도 모른다. 엄마에 대한 신뢰와 편안함이 가장 크고 안전한 보호막이기도 할 것이다.

　우리는 함께 살아가고 노력하며 서로를 더 깊이 이해하려 애쓰고 있다. 내 삶은 내가 선택하고 책임도 내가 지는 것. 삶은 용기 있는 자에게 길을 열어 줄 것이라 믿으면서.

　일곱 살 막내는 말을 참 예쁘게 한다. 막내가 하는 일에 오빠가 면박을 주니 반박했다.

　"오빠가 방금 한 말이 나의 '자신'을 깨뜨렸잖아아아~!"

　아마 '자신감'을 손상시켰다는 말을 표현하려 한 것 같다. '엄마 옆에는 사랑이 주렁주렁 맺혀 있네'라거나, '엄마의 미소가 내 마음을 녹이네' 같은 표현은 슬며시 웃음 짓게 한다.

　언어의 연금술사 일곱 살 막내가 며칠 전 설거지 하는 내 옆에 슬그머니 와서 물었다.

"엄마는 왜 아빠를 두고 이사 나왔어?"

"아, 엄마가 아빠를 두고 나온 것 같아?"

"응, 엄마가 아빠를 두고 나왔잖아, 왜? 자꾸만 눈물이 나서?"

"응, 엄마가 자꾸만 눈물이 나서, 너희들도 눈물 나게 할까 봐…."

"엄마는 아빠와 왜 싸운 거야?"

"그러게, 엄마가 아빠와 많이 싸웠지? 행복해지고 싶어서."

"이제 엄마 행복해? 눈물 안 나고? 예쁜이들하고 같이 있으니까?"

"그렇지, 엄마는 이제 눈물이 안 나지, 우리 예쁜이가 있으니까."

할 말 하고는 쏙 내빼 버려 할 일 찾아가는 아이를 보면서, 막상 나는 여러 생각을 했다.

아이들의 마음속에 저마다 다 생각이 있을 텐데 일일이 나한테 물어보고 얘기하진 않더라도, 첫째는 첫째대로, 둘째는 둘째대로, 셋째는 셋째대로…. 혹여 내가 모르는 일이 있을까 봐 한 번씩 말한다.

"혹시 말이야, 아빠가 보고 싶다거나 엄마 아빠에 대해 뭐든 궁금한 게 생기면 언제든 물어봐도 돼. 당연하고 그래도 되는 거야."

그러면 아이들이 손사래를 친다.

아니 아니 아니라고, 아빠도 아빠의 인생을 살 것이며 필요한 경우에 얘기할 테니 엄마는 일일이 신경 쓰지 않는 게 좋다고 한다.

그리고 또 한마디.

"사는 모습은 다 다른 거니까."

그래, 살아가는 모습은 다 다른 것이다. 나와 같지 않다고 해서 이상하게 바라보지는 말았으면 좋겠다. 우리의 하루는 당신의 하루만큼이나 괜찮으니까.

우리 가족
행복하게 해 주세요

아이들이 어느 날 내게 말했다.

"친구들이 부럽데. 자기네들 아빠 엄마는 매일 싸우니까, 집에 들어가기도 무섭고 이제 짜증난데."

얼마나 불편할까. 화목하고 다툴 일 없는 집은 예외겠지만, 무서운 얼굴로 다투는 부모를 보며 자라는 아이들은 못할 노릇이다. 차라리 떨어져 편하게 두 다리 뻗고 사는 게 아이들 성장과 마음의 건강에도 좋다.

노력해도 안 될 거면 일찍 이혼하는 게 모두에게 유익하다. 나는 이혼 찬성 주의자다.

이혼하는 게 간편하고 간단해야, 이혼할 확률 앞에서 서로가 조심할 수 있는 안전지대가 생기지 않는가 싶다. 이혼 한 번 하는 게 결혼 세 번 하는 것보다 힘들고, 이혼하는 데 무슨 절차가 그리 복잡한지, 이렇게 이혼이 어려워서야 그냥 살게 되는 건 아닌지.

해도 그만 안 해도 그만인 이혼이 아니라, 할 거면 하고 안 할 거면 제대로 살았으면 좋겠다. 이혼하지 못해 마지못해 사는 건 평생 감옥살이하는 것과 다름없다. 무슨 낙이 있을까.

이혼 앞에서는 '이혼'만이 희망이다. 이혼은 자유의 언덕으로 향하는 길목이다. 나를 묶고 있던 쇠사슬의 굴레에서 벗어나, 내 발로 걸어가 내 손으로 온전히 일하면서 나의 삶을 새롭게 세우는 일이다.

나는 '엄마' 보다는 '가장'의 마음으로 일하고 있다. 엄마의 몫은, 서로가 서로에게 해 줄 수 있도록 아량과 능력으로 대신하고자 했다.

물론 엄마로서의 역할은 내가 할 것이나, 내 마음이 무장된 배경에는 내 어깨에 짊어진 '가장의 무게'가 내 계급장이고 내 방패이자 내 무기라는 생각이 있다.

얼마 전 둘째 아이가 몇 만 원 하는 레고를 갖고 싶다고 하니, 첫째 아이가 조용히 방으로 데리고 가서 한마디 하는 게 들렸다.

"너 자꾸 레고 타령하지 마, 엄마 이번 달에만 벌써 150만 원 썼어. 월세에 생활비에 세금에, 이번에 산 것들 포함하면 얼추 그렇게 돼. 누나가 다 생각해 봤어. 그러니 엄마에게 뭘 사달라고 하기 전에 생각을 해 보고, 정말 사는 데 필요한 것 아니면 사 달라고 말부터 던지지 마. 그래야 해. 레고가 계속 그렇게 필요한 것도 아니고, 있는 것도 충분하니까. 어떻게 잘 갖고 놀까 생각하면 더 재밌게 놀고 작품도 많이 만들 수 있어."

첫째 아이가 정말 잘 컸다. 벌써 생활비 생각하는 건 안쓰럽기도 하지만, 생활비 생각하는 철든 첫째가 기특하고, 둘째의 어리고 순박한 마음이 예쁘고, 멋모르고 깝죽거리는 셋째가 귀엽다.

살아가면서 셋이 서로 의지하고 배려하며 엄마이자 가족이자 누나, 동생, 남매로 돈독하게 살아갈 수 있기를 바란다.

나는 아이들과 자주 얘기를 나눈다. 우리가 남들과 다른 모습으로 살아가는 듯 보이지만, 결국엔 다르지 않다는 것. 모두에게는 이별의 순간이 있고, 각자의 몫을 하면서 살아가는 존재로 성장하는 과정에 있다는 것.

부모의 이혼이 세상의 종말을 의미하지 않고, 너희는 너희의 미래를 생각하면서 살아가면 된다고 했다. 어리다고 말을 가려 하지 않는다. 솔직하지 않으면 감당할 재간이 없기 때문이다.

그래서 나도 아이들에게 솔직할 것을 요구한다. 어떤 상황 어떤 일이라도 엄마에게 솔직하게 얘기해 주면 엄마가 도와주든 기다려 주든 할 거라고, 아직은 보호자가 필요한 나이라고.

첫째 아이는 따로 불러 한 번씩 얘기한다. 생활비에 대해서는 아직 생각하지 말라고. '엄마도 어렸을 때 늘 외할머니, 외할아버지를 보면서 '이번 달 생활비'에 대해 신경을 썼었다. 이번 달 생활비는 교육비와도 연결되고 나에게 쓸 수 있는 자금이 얼마 정도인지 가늠할 수 있었기 때문에, 갖고 싶은 것이 구두이건 문구류이건 참고서이건 묻지 않고 따지지 않고 필요하다는 말을 할 수 없었다. 하지만 생활비는 어른의 책임이어야 한다'고 했다.

이런저런 조율을 하며 우리 가족은 다듬어지고 있다.

아이들이 어리다고 해서 생각이 어리지 않음을, 아이들이 컸다고 해서 생각까지 같이 자란 것이 아님을 안다. 하지만 아이들이 몸만큼 생각이 자라고, 마음의 넓이만큼 생각의 너비도 자라고, 마음의 깊이만큼 생각의 깊이도 자라는 게 이상적이라고 본다.

부자가 될 욕심은 없지만, 아이들이 필요할 때 전폭적으로 지원할 수 있는 자립된, 독립된, 경제적으로 힘 있는 엄마이고 싶다.

내 인생은
내가 결정하고 걸어간다

어쩔 수 없이 사람들이 많은 모임에 갔을 때, 내가 지인들에게 요구하는 절대 원칙은 '나의 존재를 알리지 말라'이다.

보다 정확히 표현한다면, 내가 《내 인생에서 남편은 빼겠습니다》라는 책의 저자임을 알리지 말라는 것이다. 알리고 싶으면 북토크에 나가지, 관심도 없고 내 알 바 아니란 사람들 앞에서 굳이 내 얘기를 할 건 없기에.

그때부터 세상 불편한 시선과 온갖 질문과 편견과 각각의 판단 속에, 나는 동물원 원숭이처럼 갇혀 모임 내내 후회하며 괜히 나왔음을 참고 있을 것이므로.

어른들이 많이 참석한 모임에 가면, 몇몇 분이 나에 대해 꼭 궁금해한다.

'저 분은 무슨 일 하는지? 아이들은 몇인지, 남편은 무슨 일을 하는지, 어디에 사는지, 나이는 몇인지….'

한번 말을 꺼내면 줄줄이 소시지처럼 굴비 엮듯 나오는 질문 리스트가 자동연상된다. 그래서 첫 질문에 어떻게 대답하는지가 모두의 초미의 관심사이다.

대개는 입을 꾹 다물고 나의 신변에 대해 그저 가정주부 내지는 독서논술 강사로 소개하지만, 꼭 누구 하나는 눈치 없이 - 어쩌면 눈치 있게 - 나의 존재를 드러내고 만다. 그 순간 나는 눈을 질끈 감고 올 것이 왔다고 생각하며 아무렇지 않게 인사한다.

어쩌다 보니 그렇게 되었다며, 일부러 시간 내어 읽어 보지는 않아도 된다고 너스레를 떤다. 그런데 그 모임에서 어느 남자분이 농담 반 진담 반으로 말했다.

"책 제목이 뭐라고요? '내 인생에서 남편은 빼겠습니다? 아…. 그래서 내 팔자가 이 모양 이 꼴인 건가요? 마누라가 이사를 했는데 집 주소를 알려 주지 않아요…."

사회에서 개별적으로 만났을 땐 그 사람의 문제점을 알기 힘들다. 그래서 나오는 말이 '부부 문제는 부부만이 안다'라는 것이다.

나는 어지간한 문제들을 겪었다고 생각하기 때문에, 웬만한 부부들의 이야기를 들으면 전후 상황이 짐작된다. 그렇게 되기까지 아내도 안타깝고 남편도 안타깝다.

그때 느꼈다, 남의 이야기를 들을 때는 조금 더 객관적으로 쉽게 말하게 된다는 것. 진즉 측은지심을 갖고 표현하며 살았다면 어땠을까 생각해 보기도 한다.

우린 너무 달라서 헤어졌지만, 애초에 다른 사람들끼리 만난 것을. 그건 나도 알고 너도 아는 사실이었는데, 우리는 그 차이를 좁히지 못하고 멀어진 채 점점 더 멀어지고 있다.

그래서 남들은 나처럼 힘든 과정을 거쳐 멀어지지 않았으면 좋겠다는 마음이 든다. 내가 갖는 측은지심의 본질이다.

혼자 아프지 말고, 혼자 울지 말고, 세상 밖으로 나오라고 말하고 싶다. 내가 세상 밖으로 나오지 않는 게 나와 가정을 지키는 방법이라고 생각했었지만, 아니었다.

사방팔방 소문내서 역효과 나는 게 두려워 입조차 닫았을 때, 내 마음은 병들어 가고 있었다. 믿을 만한 사람이든, 누군가에게는 힘든 상황을 얘기하고 적극적으로 상황을 모색했으면 어땠을까, 그래도 지금 같았을까.

 얻기 위해서는 잃는 게 있어야 하고 잃었다면 얻는 것도 있음을 알기에, 나는 가지지 못한 것에 연연하지 않고 가진 것에 감사하는 마음도 배워가고 있다.

 '불쌍하다'는 '쌍'이 '아니'라는 뜻이라고 한다. 같이 있지 않고 혼자 있어서 불쌍하다면, 나는 불쌍하지 않다. 누군가 나를 불쌍하게 본다면, 그는 나를 '불쌍'이란 색안경을 끼고 보는 것이다.

 내 팔자를 두고 나 스스로가 이 모양 이 꼴이라고 느낀다면, 불쌍하다는 프레임은 내가 나에게 씌우는 것이다. 내 인생을 내가 결정하고 걸어가고 있는 지금이, 나는 나답고 멋지다고 생각한다.

 내가 어쩌다가 이렇게 용기 있는 결단을 했을까. 내 팔자가 어쩌니 하지 말고 내 모양은 내가 만들어 가는 게 좋다. 이게 내 팔자라면, 이왕이면 멋진 팔자로 그려 볼 참이다.

'잘 지내니?',
안부를 묻는 마음

잘 지내냐는 말에는 잘 지낸다고

괜찮냐는 말에는 괜찮다고

어떻게 지내냐는 말에는 잘 지내고 있다고

몸은 어떠냐라는 말에는 괜찮다고 답하게 된다.

잘 지내?

괜찮아?

어떻게 지내?

몸은 어때?

결혼 생활로부터 독립한 이후, 매일 같이 짧은 안부 메시지가 하루에도 몇 차례나 반복되고 있다. 나를 기억해 주고 떠올려 메시지를 보내 주어서 고맙다고 말하기에는, 의무적이고 반복적인 짧은 답변이 피곤하게 느껴진다.

진심이 오가는 대화가 아닌 이상, 의미 없는 질문과 의미 없는 답변일 수도 있다. 누군가에게 안부를 물을 때는 단도직입적으로 질문하기보다는 자신의 안부를 먼저 전하는 것이 예의라고 생각한다.

"안녕하세요, 오늘 날씨가 참 좋네요. 어떻게 지내고 계시는지 생각나서 문자 보내요. 저는 배우고 싶던 영어도 배우고, 아이들과 반복되는 일상을 보내고 있지만, 건강하게 지내고 있어서 감사한 마음이에요. 선생님은 어떻게 지내시는지요? 몸이 아프다고 들었는데 큰 불편함은 없으세요? 선생님께서 건강하시길 늘 기원하고 혹시라도 저의 도움이 필요하면 언제든 연락 주세요. 차도 함께 마시고, 이야기 나누던 시간들이 그립습니다. 조만간 뵙게 되길 희망하고요, 안부 궁금해서 여쭙습니다."

이런 문자에는 나의 일상과 몸의 상태를 기꺼이 오픈하게 된다. 혹여 내가 도움이 필요하다고 해서 누군가에게 도와 달라거나 귀찮게 할 생각도 없다.

다만, 뜬금없이 날아드는 '잘 지내요?' 문자에는 잘 지내고 있는지도 헷갈리고, 잘 못 지낸다고 답하고 싶은 마음이 들기도 하는 것이다.

뜬금없이 다가와 김치를 내려놓고 가고, 빵을 전달하고 가고, 쌀을 가져다 놓는 귀찮은 사람들이 있다. 제발 좀 오지 말라고, 먹을 게 차고 넘쳐 더 몸에 해롭겠다고, 귀찮다고 면박을 줘도 끝끝내 와서는 얼굴 한번 보고 가려고 들렀다며 속 좋게 웃는 지인들이 있다.

그들은 나에게 괜찮냐고 문자하는 일이 없다. 어떻게 지내냐고, 잘 지내냐고 물은 적도 없다. 얼굴을 보면 아는 사이, 얼굴만 봐도 아는 사이, 나의 필요와 상황을 미리 헤아리고 귀찮게 하는 사이, 그러나 서로를 지극히 신뢰하고 사랑하는 사이.

1년에 한 번 연락할까 말까, 연락하지 않는 지인이 있다. 연락하지 않아도 서로의 마음이 느껴지는 짝꿍이다.

잘 지내냐고 문자하지 않아도, 늘 내가 잘 지내길 기도하고 있을 거라는 믿음을 주는 사이. 도움이 필요할 때는 연락하게 되는 사람.

그렇다고 잘 지내냐는 안부를 묻는 그들의 존재가 싫고 귀찮은 건 아니다. 분명 나를 생각하는 소중하고 고마운 사람들이라는 걸 안다.

그러나 막상 나에게 어려움이 있을 때 그들에게 손 내밀 수는 없다. 나의 아픔과 힘듦을 그들과 나눌 수는 없다. 나는 일상적인 문자에 연연하지 않고 깊은 의미를 두지 않는다.

도움이 필요한 사람이라면 도움을 주고 볼 일이다. 돈이 가장 **빠르**다. 돈을 주면서 필요한 곳에 쓰라고 하면 평생 은인으로 삼을 것이다.

몸이 아파 아이들 밥해 주기 힘들까 봐 한 번씩 반찬을 주고 가는 분들도 있다. 정말 고맙다. 매번 기대하진 않고 바라는 바는 아니나, 그 마음을 나는 평생 기억할 것이다.

물건을 살 때 1+1로 사서 보내는 지인이 있다. 내 인생의 영원한 1+1의 존재로 각인되었다. 누군가에게 1을 받으면, 나는 2, 3으로 갚을 작정이다. 누군가에게 무엇을 줄 수 없다면, 안 주는 것이 맞다.

줘야 할 것 같은 마음을 애써 감추며 말로 때우려면 말로 제대로 때우면 된다. 구슬이 서 말이라도 꿰어야 보배라고, 말 한마디로 천 냥 빚을 갚는다고.

입이 떡 벌어지는 부자 친구가 있다. 내가 이사했을 때 시골에서 보내 줬다며 소금 한 봉지를 보내 왔다.

매달 생활비를 겨우 벌지만, 내가 아팠을 때 사과 한 박스를 가져온 친구도 있다.

베푸는 일은 돈이 많고 적고에 따라 다르지 않다는 걸, 살아가면서 많이 느끼고 겪는다.

나 역시 누군가에게 베풀었던 것들이 나에게로 되돌아오는 현상을 볼 때마다, 우주 은행에 내 이름으로 통장이 있는 기분이었다. 누군가를 섬기고 베푸는 일엔, 자신에게 돌아오는 행운과 복이 있다고 나는 믿는다.

베풀고 살리는 일을 하면서 살고 싶다. 삶은 내게 많은 경험을 안겨 주고, 사람을 알게 한다. 그 속에서 만들어진 상처는 또 다른 사랑으로 회복되고, 나에게서 커져 가는 사랑이 또 다른 누군가의 삶을 채워 주기를.

짧은 안부 속에서 나의 진심을 담기엔 너무 벅차서, 이렇게나마 답변을 남겨 본다.

이 세상 모든 엄마에게
드리는 감사 인사

"엄마, 긴 한숨은 뭐게?"

"글쎄?"

"입 냄새. 호~"

"엄마, 긴 두 숨은 뭐게?"

"글쎄?"

"손 시려서 호~ 호~"

"엄마, 긴 세 숨은 뭐게?"

"도저히 모르겠는데?"

"아이고 숨차, 하, 하, 하"

나는 요즘 이런 말장난에 맞장구치고 논다. 그냥 맞장구만 칠 뿐, 실은 아이들이 나를 웃기고 울린다.

막내가 한 일에 깊은 감동을 받았다. 어느 날 아침에 내가 일어나지 못하고 있자, 규칙적으로 일찍 일어나는 막내가 침대에서 살짝 일어나서는 갈아입을 옷을 챙겨 안방 문을 조용히 닫고 나간 것이다. 그리고는 거실에서 옷을 갈아입고 유치원 갈 채비를 마친 게 아닌가.

나는 일곱 살 때 그런 배려를 했을까. 고3 때 나는 늦게까지 일하고 들어온 엄마의 다리를 주물러 드렸다. 손아귀가 아팠지만 내색하지 않고 엄마가 잠들 때까지 주물렀다.

그러고 나서 안방 문을 살짝 닫고 나와 새벽녘까지 공부했다. 아침 일찍 학교에 가고 집에 오면 엄마가 잠들 때까지 다리를 주물러 드리는 생활을 대학 졸업할 때까지 했다.

엄마 다리에 처음 쥐 났을 때가 선명하게 떠오른다. 초등학교 6학년 겨울 저녁이었다.

저녁을 먹고 나서, 내 입이 뾰로통하게 나와 있었다. 엄마가 전지우유(물에 타 먹는 우유)를 사 주기로 했는데 사 주지 않았던 것이다. 엄마가 너무 피곤하다고 내일 사 주마 했는데, 나는 엄마가 약속을 안 지킨다며 토라졌다.

그때 엄마가 조용히 집을 나가 전지우유를 사고자 가게로 갔다. 나는 모른 척 좋아서 숙제를 하고 있었는데, 한참이 지나도 엄마가 오지 않았다.

1~2시간 지났을까, 엄마가 기진맥진해서 돌아왔다. 다리에 쥐가 나서 길거리에서 주저앉았는데, 그 추운 거리에서 1시간 이상 혼자 이러지도 저러지도 못했던 것이다.

그 시절에는 핸드폰이 없어 연락을 취하기도 쉽지 않았다. 다행히 한참 후 지나가는 행인이 쥐가 풀릴 때까지 주물러 주었고, 겨우겨우 집까지 걸어왔다고 했다. 그해 엄마는 당뇨 판정을 받았다.

엄마가 나 때문에 아픈 것 같아 나는 너무 슬펐고, 너무 큰 충격과 슬픔으로 몸 둘 바를 몰랐다.

엄마의 노고가 내 피부에 와 닿았던 때가 고3 무렵이었나 보다. 그때부터, 엄마가 잠들 때까지 엄마의 다리를 주물렀으니 말이다. 엄마는 그 시간이 좋았던지 내가 결혼하고 한참 후에 남편에게 말했다.

고3 때 공부할 것도 많은데, 엄마한테 와서 잠들 때까지 다리를 주물러 주고 잠드는 것까지 보고는 새벽녘까지 공부하던 아이라고.

없어진 줄 알았는데 인터넷으로 보니 전지우유가 나왔길래, 반가운 마음에 구입했다. 입맛이 달라졌는지 너무 단맛이 나는 것 같았다. 아이들은 입에도 데지 않았다. 아쉬운 대로 미숫가루에 타 먹으니 그런 대로 괜찮았다.

시간이 흘러 기억하던 맛이 다르게 느껴지고 모양이 바뀌고 가격이 변하더라도, 추억의 맛으로 먹을 수 있다는 게 행운이라면 행운이다.

아무리 시간이 흐르더라도, 이 세상에 유일하게 변하지 않는 게 있다면 '엄마'라는 존재이지 않을까. 세상에서 가장 귀중한 존재는 엄마인 것 같다. 이 세상 엄마들에게 감사 인사를 드리고 싶다.

엄마를 한숨짓게 하지 않고 엄마를 춥게 만들지 않고 엄마를 힘겹게 만들지 않는 딸이 되고 싶었는데…. 마음과 다르게 여전히 엄마에게 근심을 안기고 있다.

부모는 죽을 때까지 자식을 염려하는 존재인 것이다.

엄마의 과거를
사랑하고 이해하는 시간

예닐곱 살쯤이 아니었을까 싶다. 엄마와 버스를 타고 3~4 정거장 정도 거리에 있는 시장에 갈 일이 있었다.

명절이나 중요한 일에 장을 봐야 할 경우, 엄마는 걸어서 갈 수 있는 가까운 시장이 아닌 버스를 타고 왕복해서 다녀오는 큰 시장에 나를 데리고 갔다.

그날 나는 엄마와 뜻하지 않게 '엄마의 과거' 속으로 들어가 보았다. 나는 엄마의 과거 동맹체, 엄마의 과거 비밀결사대, 엄마의 과거를 사랑하고 이해하는 '다 큰' 딸.

시장에 다녀오는 길에 아주 중후했던 아저씨를 '정말' '우연히' 마주 쳤다. 엄마는 깜짝 놀랐고, 나는 재밌게 지켜봤으며, 아저씨가 가면서 준 용돈을 손에 꼭 쥐고 예쁘게 인사했다.

시장에서 몇십 년 만에 우연히 만났다는 아저씨, 엄마와는 결혼할 뻔했던 사이였다고 했다. 젊었을 당시에도 부자였다는데, 시장에서 마주친 그때에도 부자의 기운이 철철 넘쳤다.

중후한 멋진 배우같이 생긴 아저씨는 목소리도 묵직하고 다정했고, 엄마에게 잘 지냈냐고 인사하는 얼굴에도 인품이 흘러넘쳤다.

엄마는 수줍지만 자연스럽게 딸을 키우면서 잘 살고 있다고 답했고, 어디서 살고 있는지, 잘 지냈는지 일반적인 예의상의 대화를 마치고 아저씨는 가던 길로, 엄마는 가야 하는 길로 내 손을 이끌고 가면서 헤어졌다.

웃는 얼굴로 인사를 마치고 돌아서자 엄마가 나에게 말했다.

"엄마 초라하지 않았어?"

"아니, 엄청 예쁜데?"

"엄마, 옷 잘 어울리고 예뻐 보여?"

"응, 엄마는 뭘 입어도 예쁘지! 이 시장에서 제일 예뻐 보여."

"엄마 오늘 보라색 고무 슬리퍼 안 신고 와서 정말 다행이야, 그거 신고 왔으면 엄마가 좀 창피했을 것 같아."

그리고 엄마는 버스 창밖으로 시선을 돌렸고, 나는 엄마의 옆모습을 물끄러미 바라보았다.

"엄마 정말 예뻐. 아저씨는 어떤 분이야?"

"아빠와 결혼하지 않았다면, 그 아저씨와 결혼했을 거야. 그러면 네가 좀 더 부잣집에서 살았을 수 있고, 비싼 옷 입고 좋은 구두 신고 컸을 수도 있어."

"그럼 내 아빠는 '내 아빠'가 아니었겠네?"

"그렇지, 그럼 아빠도 달라지는 거지."

"나는 지금 내 아빠가 좋은데."

"그렇지, 그러고 보니 엄마가 아빠와 결혼해서 너를 낳았지. 이 세상에 네가 태어난 건 아빠 덕분이지."

"응, 아빠가 내 아빠이고, 엄마가 내 엄마인 게 나는 세상에서 제일 좋아."

그러면서도 '조금 더 예쁜 옷을 입고 올걸, 그래도 더 초라하지 않은 모습으로 만나서 다행이야'라고 생각하는 듯한 엄마의 침묵은 한동안 계속되었다. 어린 마음에도 엄마에게 말없이 시간을 주고 싶었다, 그래야 할 것 같았다.

내 기억 속에 남아 있는 드라마의 전말이다. 엄마는 살아오면서 힘들 때마다 아저씨를 생각했을 수도 있다.

나도 그때 그놈이랑 결혼했더라면 어땠을까, 그때 그 오빠랑 결혼했어야 했는데! 그런 생각이 났다.

그러다가도 '아! 그랬으면 지금의 우리 아이들은 세상에 태어나지 못했겠구나' 생각하면서 나의 드라마를 재빨리 접고는 했다.

엄마의 고단한 삶 속에 항상 아빠와 내가 있었다. 엄마 아빠는 내 삶 속의 대체 불가능한 주연배우다. 여전히 엄마가 내 엄마여서 좋고, 여전히 아빠가 내 아빠여서 좋다.

엄마 아빠의 유전자를 닮아 내가 이렇게 생겼고, 내가 이렇게 글을 쓴다. 내 아이들은 내 유전자를 닮아 자라 가고, 우린 우리 유전자 속에 담겨 있는 무수한 드라마로 세상을 살아가고 있는 주연배우들이다.

나도 무심코 입은 옷이 초라해 보인 적이 있다. 큰아이와 손을 잡고 길을 가는데, 이웃 엄마가 세상 고운 정장을 입고 멋진 모습으로 외출 중이었다.

후줄근한 티셔츠와 고무줄 바지, 만 원짜리 슬리퍼가 뜨끔했다. 나는 괜찮지만 미적 감각이 탁월한 우리 큰아이가 사춘기를 지나고 있기에, 내가 신경을 써야 하는 게 아닐까 생각되었기 때문이다.

그때 정적을 깨고 아이가 말했다.

"엄마, 내가 새롭게 알게 된 사실이 있어."

"뭔데?"

"멋진 옷을 입는다고 멋지게 보이는 건 아니라는 것 말이야."

내 삶의 영원한 1등,
우리 아빠

우리 아빠는 어릴 적 류머티즘을 앓아 한쪽 다리가 굽어지지 않고 절뚝거리면서 걷게 되었다고 했다. 그래서 장애 등급이 있는데, 나 어릴 적 그림을 보면 아빠의 한쪽 다리는 항상 꼿꼿하게 펴져 있다.

철이 없을 때는 다리를 절뚝거리며 다니는 아빠의 모습이 좀… 창피한 것까지는 아니었어도, 다른 아빠들처럼 걷고 뛰었으면 좋겠다는 마음으로 바라봤었다.

초등학교 운동회 때 '아빠 이어달리기'가 있으면, 친구들은 신이 나서 응원하는데 나는 마음이 아팠다. '우리 아빠도 저렇게 힘차게 뛰었으면 좋겠다, 땀을 뻘뻘 흘리고 헉헉거리면서 들어오면 좋겠다'라는 생각이 1년 중 가장 많이 드는 날이었기 때문이다.

아빠와 손을 잡고 이어달리기나 한 몸 되어 달리기를 하는 친구들이 부러울 때도 있었다. 아빠는 다리가 불편해 뛰지 못하고, 그래서 숨을 헉헉거린다거나 땀이 나게 몸을 움직인 적이 없다.

아빠는 고추 방앗간과 주차장을 거쳐 학교 앞에서 오락실을 운영했다. 활동성이 적은 직업이었다.

그렇게 나를 대학까지 마치게 한 것이 대단하고 감사한 일이라는 생각이 크게 와 닿지만, 사춘기 때는 학교를 마치고 오락실에 딸린 방한 칸짜리 집으로 들어가야 하는 게 부끄러웠다.

집으로 가려면 남자아이들이 우글대는 오락실 가게를 통과해 방으로 들어가는 문을 열고 올라가야 했다.

초등학교를 함께 마친 남자애 중 그렇고 그런 못난 애들만 우글거리는 것 같았던 오락실이 싫었다. 방에 들어가서도 싫었다.

방 안에 있으면 오락실 기계의 시끄러운 음향 소리와 버튼을 두두두두 두드리는 소리, 허접한 욕을 하거나 수준 낮은 잡담을 하며 웃는 소리 등 모든 게 듣기 싫었다. 공부할 때도 방해가 되었다.

처음엔 오락실의 엄청난 소음에 공부가 방해되어 숙제를 내팽개치고, 오로지 집중하기 쉬운 독서의 세계로 빠졌었다. 그러다 공부는 하고 싶은데 마음대로 되지 않자, 책만 펴면 눈물이 터져 나왔다.

아빠는 그때 내가 심경에 큰 변화가 있고 사춘기의 터널을 지나고 있음을 느꼈던 것 같다. 그래서 오락실 가게 옆에 딸린 조그마한 방 한 칸을 따로 월세로 구해 주고자 많이 노력했지만, 주인집 아주머니가 허락하지 않았다.

운동회 때 아빠는 일하느라 운동회에 오지 못했다. 다른 아빠들 달리는 모습을 보면서 우리 아빠도 오면 좋겠다고 생각했다. 김밥이라도 함께 먹으면서 이야기를 나누면 좋겠다고 생각했다.

그러던 어느 때, 이어달리기를 하던 중 갑자기 사람들의 "오~~~" 하는 함성과 함께 웃음소리가 들렸다. 나는 무슨 일인가 하고 고개를 들어 운동장을 보았다.

운동장을 가로질러 뛰어오는 어느 아빠가 보였다. 애초에 1등으로 달리다가 발이 엉키면서 넘어지고 말았는데, 다른 참가자들이 모두 선두로 나가고 혼자 뒤떨어지자 열이 받은 것인지 재미로 그런 것인지, 가야 할 선을 무시하고 운동장을 가로질러 결승점까지 바로 달려온 거였다.

사람들은 손뼉을 치며 응원도 하고 웃느라 배꼽이 빠질 지경이었다. 우승 순위는 규칙대로 들어온 순서대로 정해졌으나, 나른해지던 오후에 그 아빠도 웃으면서 경기를 즐기고 우리 모두에게도 즐거움을 주었다. 집에 와서 아빠에게 얘기해 주었다.

넘어져 꼴찌로 달리던 어느 아빠가 운동장을 가로질러 1등으로 들어왔다고. 그러자 아빠가 웃으며, 아빠들은 모두 아이들 앞에 1등 하는 모습을 보여 주고 싶은 것이라고 했다. 그 말이 한동안 잊히지 않았고, 마음에 새겨졌다.

아빠도 나에게 1등 하는 모습을 얼마나 많이 보여 주고 싶었을까. 그러지 못했다고 해도, 아빠는 내 삶에 영원히 1등 아빠다.

늘 돈에 허덕였지만, 아빠는 체면을 잃지 않았다. 성실히 일한 만큼 보람 있게 살았고 누구보다 잘해 냈다.

장애가 있고, 여든에 가깝지만, 여전히 일하는 아빠. 주변에 우리 아빠밖에 없다.

교장, 교수, 박사, 사장으로 퇴직한 분들도 일이 없어 쉬면서 아빠에게 '형님, 내 일자리도 좀 알아봐 줘요, 아직 팔팔한데 일하러 오라는 데가 없소' 하며 부탁한다고 한다.

아빠는 요즘 어깨에 더 힘이 들어가고 걸음이 당당해졌다. 아빠는 여전히 멀쩡하고, 끄떡없다. 아빠는 지금도 하루에 만 보 이상 걷고 근육을 단단하게 유지하려고 노력한다.

아빠는 잘 살아왔다. 젊은 날에는 사는 게 고단해 늙어 보였던 아빠의 모습이 갈수록 멋져 보인다. 나도 아빠처럼, 아빠만큼 살고 싶다.

아빠가 이 세상에 있다는 게 얼마나 감사한 일인지, 한때 나의 철없음과 어렸던 마음은 성장 과정에서 있을 수 있는 일이었겠지만, 나는 안다, 부끄럽고 죄송한 마음이 드는 것을….

아빠가 있었기에, 지금의 내가 있고 앞으로의 내가 있음을 생각한다. 아빠의 다리가 그렇게 건강하고 고맙고 멋져 보일 수가 없다.

아빠는 내게 언제까지나 '끝까지 최선을 다해 달려온 달리기 1등 선수'이다.

아빠의 딸로서, 나도 우리 아이들에게 언제까지나 1등 엄마이고 싶다. 이제야 아빠의 마음을 알 것 같다.

마음 아픈
적금 해지의 기억들

코로나19의 여파로 독서논술 수업은 거의 취소되거나 무기한 연기되고, 나는 꿈이 담긴 적금 통장을 깼다. 어차피 비상용 통장이긴 해서, 급할 때 쓰라고 모았다며 의미를 두어 보았지만 정말 아쉬웠다.

사실, 돈을 빌리자면 친정이든 지인이든 한 달 월세 정도야 아깝지 않게 주겠다고 기다리는 분들이 많다. 그러나 그렇기에 더더욱, 손을 벌리고 싶지 않은 것이다.

그렇게 '자주독립'을 외치면서 독립했는데 벌리려야 벌릴 수 없는 내 양심의 손으로 인해, 나는 알량한 적금 통장을 깨는 것으로 사태를 넘어가 보고자 했다.

부모님도 나를 키우면서 여러 번 적금 통장을 깨고 또 깼던 것으로 안다. 그래도 내게는 1원만큼도 아깝지 않게 주었다.

엄마가 적금 통장을 깼던 날의 기억.

결혼하고 생활비를 제대로 받지 못하는 생활을 몇 년 하다 보니, 어느 해 연말이 되자 내가 벌어 쓰고도 갚지 못한 카드 대금이 200여 만 원 나왔다.

남편이라는 작자는 '가정주부가 겁도 없이 카드를 썼다'며 '네가 싼 똥은 네가 치우라'고 했다.

나는 혼자 해결해 보려 했지만 여의치 않아 할 수 없이 엄마에게 상의했고, 엄마는 만기가 얼마 남지 않은 적금 통장을 기꺼이 깨 내게 주었다.

나는 그때 이를 악물었다. 다시는 엄마에게 돈 얘기를 하지 않겠다고 말이다.

돈은 갖고 싶은 것을 갖게 해 줄 때도 좋지만, 갖고 싶은 것을 갖지 못하게 할 때도 좋다. 갖고 싶게 만들고 기다려지게 만들고 꿈을 꾸게 하니까.

돈을 모아가는 일도 너무나 보람 있고 재미있고 스릴 있다. 다음 달 월세가 간당간당해도 딱 채워질 때의 기쁨도 보람 있고, 일하는 맛이 난다. 인생이 그래서 살아지는 것 같다.

월세를 계좌이체 하는 그 순간이 가장 좋다. 월세 내는 날짜는 어쩜 그렇게 자주 돌아오는지. 지난주에 낸 것 같은데 이번 주 또 내야 하는 기분이다.

나도 월세를 받으면서 살아봤지만, 지금은 월세를 내야 하는 입장에서 월세 내는 분들의 심정을 비로소 알게 되었다. 어른들의 일을 늦게나마 알아가는 기분이다.

남편이 그늘이긴 했나 보다. 남편의 그늘에서 내가 참… 세상을 많이 몰랐다는 것도 하나하나씩 알아 간다. 내가 큰 그늘을 드리우는 나무가 될 수 있도록 제대로 배워 나가는 중이다.

남편의 그늘은 따스하거나 편안하지는 않았다. 오히려 남편 없는 들판이 따뜻하고 화사하다. 나는 아이들에게 따뜻하고 편안한 그늘을 드리우는 보호자가 되고 싶다.

옛 어른들 말씀에, 남편이 주는 돈으로 밥을 지으면 앉아서 먹어도, 자식이 주는 돈으로 밥을 지으면 서서 먹는다고 했다. 그러나 나는 결혼 생활 내내 서서 먹는 기분이었다.

노트르담 대성당 앞에 한 눈먼 거지가 있었다. '저는 눈이 멀었습니다. 한 푼 주십시오'라고 적힌 푯말을 들고 앞을 지나는 사람들에게 도움을 청했지만, 다들 거들떠보지도 않고 그냥 지나갔다.

어떤 남자가 다가와서는 문구 밑에다 한마디를 더 써 주고 갔는데,

나중에 그 남자가 다시 왔을 때 거지가 물었다고 한다.

"여기에 뭐라고 썼기에 사람들이 갑자기 나에게 돈을 많이 주고 격려해 주는 건가요?"

그 남자가 덧붙인 한 문장은 이것이다.

"나는 당신들이 볼 수 있는 이 아름다운 봄을 보지 못합니다."

이 이야기는 각종 칼럼이나 책에서도 소개되고 인터넷에서도 회자되는 유명한 일화이다. 눈먼 거지에게 다가가 문구를 고쳐 준 사람은 프랑스 시인 로제 카이유였다고 한다.

거지가 "저는 눈이 안 보이니 한 푼만 도와주십시오"라고 말한 것은 단지 정보를 전달하는 차원이지만, "이 아름다운 봄을 저는 볼 수 없습니다"라고 말한 것은 마음에 호소하는 공감의 표현이다.

아무리 옳은 것, 좋은 것이라도 공감 있게 표현하지 못하면 사람을 움직일 수 없듯, 공감은 힘이고 능력인 것이다. 공감 가는 글, 마음을 움직이는 글을 쓸 수 있는 작가가 되려면, 사람을 향한 애정과 따뜻한 관심, 행동력이 필요하다.

나 살기에 급급해 나보다 어려운 이들을 몰라보지 않도록 사회에도 많은 관심을 가지려 한다. 신문을 열심히 보고 사람에 대한 관심을 놓지 않으리라.

내가 하는 노력이 지금은 그 정도에 머물지만, 나도 누군가에게 기꺼이 손을 내밀어 주고 도움이 되는 삶을 살 수 있기를, 그것이 진정한 자주독립이고 내가 추구하는 양육 모델로서의 모습이 아닐까 생각한다.

그럼에도 불구하고, 적금 해지는 너무 아프다. 다음을 기약하며….

내 아이는
내가 잘 키울게요

《호빗의 모험》,《반지의 제왕》을 쓴 영국의 작가 J.R.R. 톨킨.

그는 일찍이 부모를 여의고 고아의 처지에서 옥스퍼드 대학 언어학 교수가 된 인물로도 유명하다.

은행원이었던 톨킨의 아버지는 톨킨이 세 살 때 병으로 사망했고, 어머니는 한 살 더 어린 둘째 아들을 안고 톨킨을 키우며 변변치 못한 수입으로 생활해야만 했다.

그럼에도 그녀는 어린 톨킨이 어학에 재능이 있다는 걸 알아채고 능력을 키워 주려고 노력했다고 한다. 덕분에 톨킨은 라틴어와 프랑스어를 배웠고 명문 학교에도 들어가게 되었으나, 어머니마저 톨킨이 열두 살 때 사망하고 만 것이다.

어려서 부모를 잃고 고아가 되어 의지할 곳 없는 처지가 되었지만, 그는 결코 소극적이거나 주눅 드는 일 없이 여유 있는 인생을 보냈다. 생전의 어머니로부터 큰 사랑을 받으며 자랐기에 가능한 일이었다.

어린 시절에 탄탄한 안전 기지 안에서 빈틈없는 보호를 받고 자란 사람은 훗날 어떤 일이 닥쳐도 마음속에서 안정감을 유지할 수 있다. 그 안정감의 원천인 어머니가 설령 사망했다 해도 정신적인 안전 기지가 계속 존재할 수 있는 것이다.

《나는 왜 혼자가 편할까》, 오카다 다카시

책을 통해 볼 수 있는 사례들은 극소수의 성공한 사람들에 관한 이 야기일지도 모른다.

번듯한 부모님이 살아계셔도 별 쓰레기 같은 일이 일어나기도 하고, 부모님이 안 계셔도 누구보다 멋지게 성장한 자녀도 있는 것이다. 사지육신이 멀쩡해도 자기 밥 한 그릇 제 손으로 만들어 먹지 못하는 사람도 있고, 팔 하나가 불편해도 얼마든지 식구들을 먹여 살리는 위대한 모성도 있다.

사람이 누구와 살아가느냐에 따라 인생이 달라지는 것은 어려서부터 만들어진 작은 생활 습관에서 나올 수 있다는 걸 생각하면서, 나는 치마폭으로 아이들을 감싸는 엄마가 되고 싶지는 않다.

그리고 아이들을 양육하는 문제뿐만 아니라 이 시대, 사회와 사람들 간에 일어나는 문제들의 해결책으로 《나는 왜 혼자가 편할까》의 저자 오카다 다카시가 '애착 형성'을 주장하는 것에 나는 동조한다. 모든 문제는 애착 형성에서 기인한다고 본다.

'아비 없는 자식'이라는 옛말이 있다. 집안에 아빠가 없으면 정상적으로 사람 노릇을 할 줄 모르게 큰다는, 그릇된 시선이다. 아빠가 없다고 아이들이 잘못되지는 않는다. 아빠가 있어도 잘못될 수 있고, 없느니만도 못한 아빠도 분명히 있다.

아이들의 아빠를 폄하하고 싶진 않다. 아빠는 분명 아이들이 태어난 뿌리이다. 그와 나의 문제이지, 아이들은 다른 가정의 아이들 못지않게 잘 자라 주었다. 오히려 더 잘 자란 부분이 있어서, 지인들이 태교할 때 우리 집 아이들의 사진을 달라고 한 적도 있다.

그러나 내가 아이들을 데리고 출전 장수처럼 집을 나온 것에 대해, 주변 어른들은 여전히 나를 안주 삼아 요즘 젊은 사람들은 참을 줄 모른다고 핀잔한다.

나를 아는 분은 전적으로 나의 판단을 신뢰하고 믿지만, 건너 건너 아는 분들은 나를 세상 불쌍하게 보는 것을 알고 있다.

얼마 전 전화를 받았다. 도저히 참을 수가 없어 전화했다면서, 아무리 생각해봐도 내가 잘못 판단하는 것이고, 지금이라도 당장 남편에게 용서를 빌고 아이들을 데리고 집으로 들어가라고 한다. 그리고 싹싹 빌고 평생 납작 엎드려 살라고 한다.

남편이 듣는다면 경사 날 일이고 우리 부모님이 들으면 초상 날 일이다. 세상 무서운 줄 모르고 잘 알아보지도 않고, 겁도 없이, 성급하게 집을 나왔다는 것이다. 애들을 데리고.

그런 이야기들은 하지 않는 게 예의이지 않을까. 들어가도 내가 들어가고 빌어도 내가 빌지, 옆에서 빌라 말라 할 일이 아닌 것이다. 그리고 빌 게 무언가, 납작 엎드리긴 누구한테 엎드리란 말인가.

이런 말들에 초연해지고, 담담해지고, 웃어넘길 줄 알아야 고수인데, 나는 초연해지지는 않고 웃음은 나는데 바로 넘길 줄은 모르겠다. 그래서 아직 하수인 것 같고, 그러니 그런 말도 듣고 사는 게 아닌가 싶다.

"참을 줄 몰라서 나온 게 아니라, 참다 참다 나온 겁니다!"

'나 정도니까 그만큼 참은 것'이라는 말, 지금까지 듣고 살아온 욕보다 더 많이 들었다. 누군가의 인생에 끼어 들어올 때는 좌측 깜빡이, 나갈 때는 우측 깜빡이 정도는 켜 주는 게 어떨까.

이 시대에 여자가 혼자 애 키우며 살아가는 데 필요한 건, 허벅지를 바늘로 찌르는 고통을 견디는 게 아니라 귀 하나 닫고 눈 하나만 뜨고 입은 열어야 하는 신 아녀자 매뉴얼인지도 모르겠다. 그리고 하나 더, 손끝에 모터를 달고 글을 쓰는 일.

일기에 이렇게 썼다.

"내 아이는 내가 잘 키울게요, 책임지고 사회에 좋은 인간으로 나가게 만들게요, 그러니 제발 우리 집 신경 쓰지 말고 댁에 계신 아버지나 좋은 역할 해 나갈 수 있도록 건강한 가정 만들어 주세요. 그것으로, 저 역시 참견하지 않고 제 인생 똑바로 잘 살아 나가도록 하겠습니다. 끝은 가 봐야 아는 거니까요. 제 끝은 제가 갈게요. 미리 먼저 가지 마세요, 저의 길에 훼방 놓지 마세요."

그러고도 아픈 마음은 책으로 다스린다.

사과나무는 세찬 바람을 맞으며 줄기와 뿌리를 튼튼하게 만들어야 가을에 맺힐 사과의 무게를 지탱할 수 있다. 아이 역시도 어릴 때부터 크고 작은 시련을 이겨 내야 더 큰 시련도 견뎌 낼 수 있다.

《틀 밖에서 놀게 하라》, 김경희

바람을 맞으며 점점 더 튼튼해져 가을의 무게를 지탱할 수 있도록, 아이들에게 든든한 뿌리가 되는 나무로 살아갈 것이다.

아이들 역시 자신의 삶에 든든히 뿌리를 내리고 큰 그늘을 드리울 수 있는 나무로 성장하게끔 할 것이다.

육아의 끝도 독립이고 자립이다.

겁이 많아져
용기를 낼 수 있게 되었다

네 살 언젠가, 낮잠을 자고 일어났더니 방안에 아무도 없었다. 가만히 있으면 엄마가 오겠거니 하고 더 자려고 하는데, 옆집 사는 친구가 울면서 뛰어들어 왔다. 자고 일어났더니 엄마가 없다며, 같이 시장에 찾으러 가자는 것이었다.

나는 좀 있으면 엄마가 올 거라며 기다리자고 했지만, 친구는 겁에 질려 있었다. 친구와 손을 잡고 시장으로 엄마를 찾아 나섰다.

길이 어디서부터 잘못되었는지 처음 보는 길로 접어들었고, 가도 가도 끝없는 벌판이 이어지더니, 젖소가 풀 뜯어 먹고 있는 초원까지 나타났다. 하늘이 어두워지고 비바람이 불더니 천둥번개까지 쳤다.

나중 알게 되었지만, 집에서는 난리가 났고 엄마는 울고불고 나를 찾아 동네를 돌아다니며 경찰서에도 연락했다고 한다.

내가 집을 찾아온 과정을 말하자면 이렇다. 내가 어느 아저씨의 손을 꼭 잡고 안 놔 주더란다. 우리 집 주변에 큰 건물들을 말하고 조그만 손으로 아저씨의 손을 얼마나 꼭 쥐었던지, 결국엔 아저씨의 손을 잡고 집에 무사히 귀가할 수 있었다.

그 아저씨는 아이가 여간 똑똑하고 용감한 게 아니라며 집에 올 때까지 따박따박 사는 곳에 대해 설명을 하는데, 옆에 같이 온 친구는 울기만 하더라고 전해 주었다.

엄마는 잊을 만하면 내게 나의 첫 길 잃은 무용담을 들려주곤 한다.

여섯 살 때쯤, 또 길을 잃었다. 그땐 작은엄마가 나를 데리고 나가 어느 찐빵집 앞에 꼼짝 말고 서 있으라고 했는데, 뭐가 잘못되었는지 작은 엄마는 나를 찾으러 오지 않았다. 그 자리에서 내가 너무 꼼짝 않고 서 있느라 화장실 갈 일을 너무 오래 참아, 집에 오자마자 엄청난 양의 볼일을 봤던 기억이 있다.

다음 해, 또다시 길을 잃었다. 나를 미워하고 시샘했던 어느 녀석이 나를 일부러 다른 동네로 데리고 가서 꼼짝 말고 있으라고 했다. 나는 꼼짝 않고 있다가 무사히 구조되어 집에 돌아왔다.

총 세 번의 길 잃음. 외동딸을 잃어 버릴 뻔하고서 부모님은 얼마나 애를 태우고 심장이 내려앉았을까.

원치 않는 불효의 경험 뒤에 생각해 보는 것은, 내가 살아갈수록 겁이 많아졌다는 사실이다.

불행한 결혼 생활에서 더 빨리 뛰쳐나오지 못한 것도 겁이 나서였다. 집에서 나온다는 것은, 길을 잃을지도 모른다는 일말의 가능성까지 각오해야 하는 일이었다.

아이들은, 나는, 집은, 교육은, 미래는 어찌 될까 하는 두려움이 나를 겁쟁이로 만들었다.

아이가 생기니 더 겁이 많아졌다. 세상에 무서운 게 많아졌다. 아이가 조금만 아파도, 조금만 늦어도 애를 태우는 겁쟁이 엄마다.

아이를 믿는다고 말하지만, 정작 믿지 못하는 것은 나에 대한 불신이다. 나의 근본적인 두려움과 소심함, 겁이 많은 것은 대나무가 자라듯 아주 올곧게 자랐다.

나의 용기와 무모함은 용감해서가 아니라 살기 위한 몸부림이었다. 겁은 움츠러들게도 하지만, 막다른 길에 몰리면 물어 버릴 수도 있는 것이 쥐가 고양이를 문다는 전설이다.

그래서 겁쟁이지만, 반대로 용기를 낼 수 있다. 나의 용기는 나의 겁에서 비롯된 것이리라.

진정한 용기는 나를 지키고 비굴하지 않는 것, 선택해야 할 때 기회를 놓치지 않고 최선을 다하는 것이다. 내가 갖고 싶은 용기는 내게 허락된 삶 동안 아이들을 지켜 내는 것이다.

그것이 내가 결혼 생활을 끝내고 나올 수 있게 한 용기의 원천이다.

싸워야 할 때는 두 가지 방법밖에 없다. 맞서 싸우던가, 도망치던가. 그래서 살아 나가기 위해 용기 없는 나는 더 강해질 것을 택했다. 용감한 척이라도 해야 하기에, 그러다 보면 용감해 보이기도 하는 것이다.

살아가는 일은 누구에게나 한 번의 기회이기에, 용기 내서 가야 한다. 그 길을 걸어가는 자에게 필요한 것은 용기와 튼튼한 두 다리.

나의 걸음이 아이들에게 또 다른 길이 되고 누군가에게도 도움이 되는 삶이 되길 꿈꿔 본다. 그 역시 내게는 크나큰 용기이다.

: 3부

가장 나다운 길을
가는 것이란

각자를 책임질 수 있을 때
결혼할 용기

남자의 인생에는 세 여자가 있다고 한다.

하나는 아내가 닮았으면 하는 어머니이고,

하나는 전능한 어머니였으면 하는 아내이고,

하나는 가슴에 숨겨 두고 몰래 그리는 여인이다.

아내가 닮았으면 하는, 내 남편이 바라는 어머니의 모습은 이랬을
것이다.

살림 잘하고, 부지런하고, 시부모 봉양하며, 아이들을 잘 키워낸, 집

안은 항상 정갈하고, 온유하고, 따뜻하고, 친절하며, 인내심이 많으며, 희생적이고, 알뜰하고, 불평하지 않으며, 좋은 것은 자식 주고, 자식을 위해서라면 무슨 일이든 다 할 수 있는, 아파도 아프다고 말하지 않고, 남편을 섬기며, 음식을 잘하고, 가족들을 위해 봉사하는….

'아내가 닮았으면 하는' 어머니의 모습을 나는 결코 닮을 수 없었다.

닮지 못하고 같을 수 없고 따라가고 싶지도 않고 할 거면 쌍방 노력을 원했던 나에게 남편이 노력하고 맞춰 준 건 아니다, 아니 못했다. 오직 나에게만 바라는 일방적인 강요가 나는 웃긴 것이었다.

나는 남편이 원하는 어머니의 모습을 닮아갈 수 없었고, 전능한 어머니 같은 아내일 수 없었다. 나의 능력을 떠나 나는 나이고 싶었고 우리이고 싶었던 지난 결혼 생활에서, 그는 어머니의 아들로서만 존재했다. 그것이 가장 큰 난제였다.

하루가 멀다고 전화하고 이야기를 나누는 모자 사이로부터 나는 독립을 결정하고 나왔다. 후회는 없다. 더 빨리 나오지 못한 것도 미련 없다. 지금이 만족스럽고 다행스럽다.

결혼하면 피차 서로가 탯줄을 끊고 나와야 하지만, 부모 입장에서도 탯줄을 끊어 내어 주어야 한다고 들었다. 계속 품 안의 자식처럼 끌어안고 살아가려 한다면, 서로에게 큰 부담이고 문제들이 생길 수밖에 없다.

아내의 인생에도 세 남자가 있다고 해 볼까.

하나는 남편이 닮았으면 하는 아버지이고,
하나는 전능한 아버지였으면 하는 남편이고,
하나는 가슴에 숨겨 두고 몰래 그리는 남자다.

그렇다면, 결혼하지 않고 아들은 엄마랑 살고 딸은 아빠랑 사는 것이 여러 인연 꼬이지 않고 백년해로할 수 있는 방법이지 않을까.

내가 나의 인생을 결정하고 원하는 대로 조절할 수 없다는 느낌은 왠지 기분 나쁘다. 뭔가 중요한 부분이 잘못된 것 같은 느낌. 나도 모르게 잘못된 미로 속으로 빠져든 것 같은 본능에서 나는 위기를 느꼈다.

본능적인 위기. 이대로 가는 게 맞는 것인가, 옳은 것인가. 아니라는 판단에서 나오기까지 필요한 것은 오직 용기였다. 본능적인 용기, 이렇게 해야 살겠다는 본능이 나를 수렁에서 빠져나오게 했다.

어떤 이는 나의 삶을 실패했다고 생각할지도 모를 일이다, 그럴 수도 있다. 하지만 그것은 그의 생각이다. 그런 생각들에 일일이 휘둘릴 만큼 한가하지도 않거니와 그런 말 따위는 진즉 무시하고자 한다.

한국 전쟁 당시, 해군 사령관 올리버 P. 스미스는 전투가 불리해지자 군대를 후퇴시키기로 했다. 이에 기자가 후퇴에 대해 질문하자 스미스가 이렇게 답했다고 한다.

"빌어먹을! 후퇴라니. 우리는 후퇴하는 것이 아니라 다른 방향으로 전진하는 것뿐입니다."

후퇴를 다른 방향으로 전진하는 것이라 표현한 스미스의 대답이 기가 막힌다. 일상생활에 적용해도 좋겠다.

어떤 이는 결혼 생활을 도중에 끝내는 것을 실패이자 삶의 후퇴라고 생각할지도 모르지만, 나는 그렇게 생각하지 않는다.

내 삶의 옳은 방향으로, 내가 가야 할 길로 비로소 전진하고 있다고 믿는다. 어떤 상황이건 당사자가 그 상황을 어떻게 생각하느냐에 따라, 그것이 삶에 미치는 영향이 달라진다.

부디 온전한 성인으로서 서로를, 아니 각자를 책임질 수 있을 때 결혼해야 하지 않을까.

마음속에 그리는 이상형이 아니라, 몸으로 살아갈 수 있는 현재형으로! 그래서 결혼은 현실인 것이다.

아이들이 아빠의 사랑을
떠올리면 좋겠다

큰아이가 초등학교 저학년 때였나, 아이가 그린 그림 속에서 우리 가족은 5명이었다. 얼마 전, 막내가 그린 그림 속에서는 4명이었다.

앞으로 학교에서 가족을 그리라는 과제가 주어질 때, 우리 아이들의 작품 속에는 막내가 그린 그림에서처럼 아빠가 없을 수도 있겠다는 생각을 해 본 적이 있다.

아무래도 새 학기를 앞두고 있었던 때라서 더욱 그럴 수 있다. 독립 후 처음 맞이하는 새 학년 새 학기에, 학교에서 아이들이 가족을 어떻게 표현할지… 염려가 1이라면, 궁금은 9였다. 둘째 아이의 친구가 집에 놀러 와서 한창 잘 놀더니, 조금 어두운 얼굴로 나에게 물었다.

"좋겠어요, 아빠가 안 계셔서요⋯."

"이곳은 아줌마가 따로 마련해 수업하는 곳이야, 아빠가 살고 있는 집은 따로 있어."

"그래도 같이 살지 않으니까 좋잖아요, 싸우지도 않고⋯."

나는 적잖이 놀랐다.

매일 싸우는 부모 아래에서 자라는 아이보다, 편부모 슬하에서 자라는 아이가 오히려 자존감이 더 높을 수도 있고 안정적일 수 있겠다 싶었다.

내 아이가 편모, 편부 슬하여서 자존감이 낮아지지 않을까 염려하는 분이 있다면, 염려를 멈추고 대신 자신을 더 믿어 보라고 하고 싶다. 나아가 아이를 더 믿으라고 하고 싶다.

아이들도 먹고살아야 하는데, 자기 위험은 본능적으로 판단해서 살 길을 찾지 않을까.

안정된 신뢰 관계 속에서 애정 어린 대화를 나누고 자신의 위험과 불안까지도 나눌 수 있는 진정한 가족이 된다면, 아빠만 있든 엄마만 있든 보육원에 있든 나름의 안전지대 속에서 자신의 분량대로 잘 성장해 갈 것이라고 생각한다.

나도 다 살아본 게 아니어서 확정할 수는 없지만, 불안은 자초하는 것일 수도 있다고 생각한다. 불안은 기생충처럼 자라나고 둥지를 틀어 나갈 생각을 하지 않는다.

집에 텔레비전이 없어 보진 못했지만, 인터넷 기사로 회자되는 이야기들은 많이 알고 있다.

서세원, 서정희의 딸 서동주 씨는 "아빠 서세원은 너에게 어떤 사람이야?"라는 김수미의 물음에 솔직히 고백했다.

"기억의 다락방이 있다면, 아빠와 관련된 건 모두 그곳에 넣어두고 꺼내고 싶지 않다. 다락방을 여는 순간 부정적인 감정이 인생을 삼킬 것 같다."

"앞으로 보지 못해도 아빠가 행복하길 바란다"라며 대답을 마무리한 기사를 읽으면서, 나도 아이들이 어떤 고백을 하게 될지 궁금해졌다. 쉽게 물어볼 수는 없지만, 이제 겨우 중학생이 되는 첫 아이에게 조심스럽게 물었다.

"아빠에 관해 물어봐도 돼? 아빠에 대해 어떤 마음을 갖고 있어? 누군가 아빠에 대해 물어본다면, 뭐라고 답할 것 같아?"

아이는 한참 동안 말을 잇지 못했다.

"음… 별로 할 이야기가 없는 사람?"

"학교에서 가족 소개할 일이 생기면 어떻게 할 거야?"

"하면 되지~ 가족이 아닌 건 아니잖아. 같이 살지 않을 뿐이지, 아빠가 없는 게 아니잖아."

"응, 그렇지. 엄마가 바보 같은 질문을 했나 봐. 혹시 물어보고 싶은 말이나 어려운 일이 생기면, 언제든지 엄마에게 얘기해 주면 좋겠어."

나의 말에 아이는 그렇게 하겠다고 했다.

배우 최민수는 학교를 그만두고 연기를 해 보고 싶다는 큰아들의 말에 이렇게 말했다고 한다.

"아빠는 해 본 입장에서… 유성이가 남들이 연기하는 게 멋있어서 하는 게 아니란 건 알아. 연기도 경험이야. 여기 땅 위에 꽃들이 인생인 줄 알지만, 우리 진짜 인생은 이 땅 속 뿌리에 있어. 멋있어 보이는 건 다 하고 싶어 하지만, 이런 게 만들어지는 과정은 땅 밑에 있지. 그래서 아빠의 요지는 경험을 많이 해 보라는 거야. 경험이 많으면 땅 밑을 볼 수 있을 거야."

아버지로서 자녀에게 해 줄 수 있는 말 중 이렇게 아름다운 말이 흔치 않다.

나의 아이들이 나중에 아빠를 추억할 때, 그래도 아이들만은 아빠가 주었던 사랑을 떠올릴 수 있으면 좋겠다.

말이 없다 뿐이지, 표현을 못 했다 뿐이지, 아빠가 아이들에게 갖고 있는 사랑은, 그래도 '그'만의 사랑이었음을….

사랑에 성숙하고
이별에 성장하는 법

"마흔네 살에 아이 셋 낳고 독립?"

"너는 그럼 마흔네 살에 아이 안 낳고 독립?"

"나는 부모님한테서 독립했잖아!"

"나도 부모님한테서 독립했거든. 남편한테서까지 독립했다."

"그래서, 어쩌자는 건데?"

"뭘 어째, 행복하게 살면 되지. 너는 어쩔 건데?"

"글쎄, 이제 와서 결혼하기는 좀 그렇고 안 하자니 그렇고, 인연이 있으면 결혼을 하든가 쭉 혼자 살든가 되는대로 살겠지!"

"내가 결혼하라는 말은 못 해 줘도 이혼하라는 말은 잘해 줄게!"

"아직 결혼도 안 한 친구한테 할 소리인가?"

"결혼을 안 했으니 말해 주는 거지. 결혼한다 그러면, 나 말고도 꽃 뿌려 줘, 돈 뿌려 줘, 손뼉 쳐 줘 나 만날 시간도 없을 거야. 그런데 너 이혼한다고 해 봐라, 온 세상이 네 편인가 아닌가."

우리의 대화는 10년 전이나, 10년 후나 비슷하다. 시비를 거는 건지, 조언을 하는 건지, 서로에게 별 도움도 안 될 것 같은, 피차 신경도 쓰지 않는 말을 성의 있게도 한다. 친구니까.

"결혼까지 생각했어~"를 1년에 한 번 외치며 10년을 지낸 친구가 1년마다 남자를 바꾸고도 아직 결혼을 안 했다고 하기에 손뼉을 쳐 줬다.

"그래, 너는 너의 인생을 가라. 무소의 뿔처럼 힘차게."

내가 볼 때 친구가 대단하고, 친구가 볼 때 내가 대단하다고 한다.

어떻게 10년 동안 10명의 남자를 갈아치우면서 괜찮은 친구 1명 못 만들었냐고 했더니, 10년 동안 10명을 갈아치워서 그렇지 20명을 갈아치웠으면 1명은 건졌을지도 모르겠다고 한다.

"이 세상에 남자가 없는 거니, 내가 남자 보는 눈이 없는 거니."

피차 웃자고 한 말 끝에 나는 진심으로 친구의 행복을 빌어 주었다.

결혼도 이혼도 선택인 시대에, "괜찮아, 아직 갈 길 머니 천천히 하라"고 했다. 요즘 결혼하라고 부모님이 엄청 등 떠미는 눈치라, 친구에겐 위로가 필요했다.

아직 나의 근황을 모르는 친구 부모님은 꼭 나를 예로 들며 "네 친구 봐라. 아이 셋 낳고 얼마나 알콩달콩 잘 사니, 그 친구가 성공했지. 너는 별 볼 일도 없이 직업이 의사면 다냐. 네 병이나 고쳐, 결혼 안 한다고 하는 거 그것도 병이다!"라고 한단다.

그래서 친구가 답답해서 전화를 했다. 혹시 부모님께 나에 대해 말씀드려도 되냐고 해서 말씀드리라고 했다.

아들 딸 순풍 순풍 잘 낳고 하고 싶은 일 하면서 행복하게 잘 살라고 축복해 주셔서, 나는 시키는 대로 잘했다. 아들 딸 순풍 순풍 잘 낳았고, 지금 하고 싶은 일 하면서 행복하게 살고 있으니.

지금까지 꽤 괜찮게 살아 내고 있는 것 같은데, 이 소식이 귀에 들어가면 전화기에 불이 날 것 같긴 하다. 그래도, 내가 며칠 고생하면 친구는 한동안 편하게 지낼 수 있을 것이다.

"그래, 억지로 결혼시켜 나중에 힘들어지면 무슨 원망을 들으려고, 애가 하고 싶은 데로 알아서 하게 놔 둡시다" 하고, 두 내외분이 손을 마주 잡아 주신다면 친구의 빅 픽처 속으로 들어갈 수 있을 듯.

초등학교 6학년 때, 나를 짝사랑했던 남자아이가 내 신발주머니를 가져가서는 가방 안에 아카시아 꽃을 가득 채워 왔다. 나는 신발주머니가 없어져 집에 가지 못하고 있었는데, 뒤늦게 신발주머니에 한가득 담긴 아카시아 꽃을 보고는 정말 난처했다.

고맙다고 하면 또 그럴까 봐, 좋아하지 않는 애가 나 좋다고 꽃다발 주머니를 안겨 주니 어정쩡하게 인사하고는 집으로 냅다 뛰어왔다.

반면 친구는 짝사랑하는 남자아이한테 개구리를 잡아 주면서 '너를 좋아해'라고 얘기했다. 그때부터 나와 친구의 싹이 보였던 것이다. 좋아하는 감정 앞에서 솔직하기는 내 친구가 빨랐다. 그래서 그 친구가 결혼을 훨씬 먼저 할 줄 알았다.

애인하고 헤어진 후 나한테 연락하는 그 녀석에게, 전화하지 말라고 했다. 결혼할 때 한 번, 이혼할 때 한 번, 그렇게만 전화하라고.

조금 더 외롭고, 조금 더 혼자의 시간을 보내고, 조금 더 성숙해진 다음에 이야기할 순 없을까. 혼자 견디지 않고 자꾸만 사람을 채우니 어째 변화가 없다.

사랑 앞에 성숙해지고 이별 뒤에 성장한다. 성숙만 하고 성장을 안 하면 '애 어른'이라고 했더니, 나 보고는 성장해서 좋겠다며 '어른 애'라고 한다.

이혼하길 잘했다고
칭찬하고 싶은 마음

한 지인은 아이를 낳지 못해 이혼했다.

아기집이 자라지 않아 자꾸만 유산이 되었다고 했다. 내가 들은 바만 3~4번이었고, 이후에 몇 년을 더 살았으니 짐작건대 더 많은 유산 경험이 있었을 수도 있다.

어쨌거나 이혼하고 소식을 듣자 하니, 몇 년 후 다른 이와 재혼을 했는데 아들 둘 잘 낳고 잘 살고 있다고 했다.

살림도 잘하고 남편도 자상해서, 남편이 퇴근하면 아내의 육아는 퇴근이라고 했다. 시어머니께서 하사한 신용카드를 선물처럼 쓰면서, 행복한 뉴스를 종종 전해 준다.

다른 지인 한 명은 아이가 생기지 않아 이혼 직전까지 갔었는데, 마음을 내려놓자 덜컥 쌍둥이가 태어났다. 그래서 이혼하지 않고 무사히 살아가고 있다고 한다.

그런가 하면 또 다른 지인은 12년 동안 임신이 되지 않아 유명한 서울 큰 병원에서 수차례 임신 시도를 한 끝에 무사히 딸을 낳았다. 기적처럼 13년 만에 찾아온 첫 딸이 태어나기까지 병원비로 1,500만 원을 들였다고 했다.

이런 식으로 손을 꼽자면 지인의 지인까지 포함해 열 손가락이 부족할 정도로 들 수 있다.

문제는 나다. 딸, 아들, 딸 순서대로 3명을 낳으면 금메달감이라는데, 출산도 자연 분만하고 무통 주사도 안 맞았는데, 남들이 들으면 '남편이 업어 주겠네요' 하는데… 나는 그렇게 대우받지 못했다.

대우받자고 낳은 건 아니지만, 다른 사람에 비교하면 돈 들지 않고 최소한의 경비로 최대한의 출산을 감당한 나의 노고에 나 스스로 대단하다고 인정한다.

주삿바늘 무서워 병원 가기 벌벌 떠는 내가, 무통 주사도 맞지 않고 아이를 3명이나 자연분만으로 낳다니 대견할 따름이다.

내가 아이를 셋 낳은 건, 요즘 말마따나 신의 한 수였다. 하나 아니고 둘 아니고 셋이어서 정말 좋다.

그래서 아이들을 보고 있으면, 이 아이가 내게 오기까지 얼마나 많은 사람의 소망과 간절함이 있었을까 싶은 마음이 든다. 그래서 끝내 미움을 안타까움으로 접으며 측은지심으로 바라보게 되는 것이다.

아이 때문에 이혼하는 가정을 보면 안타깝다. 막상 아이가 태어나면 그렇게 좋은 꼴을 보여주는 것도 쉽지 않은데, 아이가 얼마나 예쁘고 간절하면 부부가 이혼을 결정하는 건가 잘 알지 못하겠다.

금슬이 좋으면 아이가 없이도 잘만 사는 부부도 많은데, 노력해도 아이가 생기지 않는다고 이혼하는 심정이라니.

아이를 사랑해서 결혼한 것인지, 남들처럼 아이 키우며 살고 싶은 마음으로 결혼한 것인지, 아내의 자격은 아이의 출산 여부에 있는 것인지.

남의 집 가정사에 단편적으로 할 말은 아니지만, 내 가정사도 웬만큼 장편적으로 다 까발린 와중에 몇 자 보태자면, '아내의 자격'은 출산과 육아에 있지 않다는 것이다.

이혼할 때 '아기도 못 낳는 너 같은 여자!'라는 말을 들었다는 지인에게, 이혼하길 참 잘했다고 축하해 줬다. 인연이 거기까지라면, 감사함으로 받아들이는 자세가 필요하다.

'축 아내 졸업!'

이제 그녀만의 인생을 다시 찾아 나갈 새로운 여정에 오름을 축하하며, 더 나은 삶이 펼쳐지길 응원한다.

'아기도 못 낳는 너 같은 여자?'

정말 어처구니가 없네! 아기는 혼자 낳나요?

내 인생이 어디서
꼬였는지 알겠다

얼마 전 '유레카'를 외쳤다. 의문이 풀리고 이해되는 느낌이었다.

한창 방송작가로 일할 때 싸이월드가 유행했었다. 나도 싸이월드에 일상과 일기들을 올리기도 했고, 정예 멤버들은 나의 단독 카페에 초대하기도 했다.

지금으로 치면 '브런치'나 '블로그' 스타일의 글을 친절하고 자세하게 써 올리며, 나의 일상을 들여다볼 수 있게 한 것이다. 바로 그곳이 내 인생을 꼬이게 만들 줄을 모르고서.

방송작가로 바쁘게 지내며 마구 휘갈겨 쓴 글에는 나의 모든 일상 다반사가 담겨 있었고, 과거와 현재를 들여다볼 수 있는 돋보기가 되었다. 살아가면서 한 번씩 그곳을 들여다본다.

내가 어떻게 살아왔는지 고스란히 담겨 있고, 내가 또 다른 글을 쓸 수 있게 하는 수많은 소재가 담겨 있는 아지트 말이다.

그런데 아지트인 줄 알았던 그곳을 다시 살펴보면서 새삼 알게 된 것이 있었으니, 나의 아지트가 나의 수많은 인연을 어떻게 엇갈리게 했는지 이제야 보이는 것이었다.

예를 들면, 당시에 나는 지인들을 이니셜로 표기하는 버릇이 있었다. 지인들이 다 볼 수 있는 글들이기도 하고, 덜 가까운 사람들에게도 오픈되었기 때문에 누가 누구인지 실명을 쓰기가 어려웠고 오해의 소지가 있었다.

그리고 글을 자유롭게 쓸 수 없었기 때문에, 사람에 대한 것은 이니셜이나 성별에 상관없이 '그', '그 녀석'이라고 표시했다. 예를 들면 이런 식이다.

"같은 노래를 좋아하고 생각하는 게 비슷한 사람

다른 노래를 좋아하고 생각하는 게 다른 사람

나와 함께 있으면 즐거워하는 사람

함께 있으면 내가 즐거워지는 사람….

미스터리…. 누구와 함께 있는 것이 더 행복할까.

뭐든 좋다. 나는 그 녀석과 '함께' 있을 때 행복해진다."

"J는 입만 열면 나와 만나자고 한다.

그런데 내가 연락하면 꼭 다른 지방에 가 있다. 기가 막힌다.

왜 매일 만나자고 하면서 전화하면 다른 도시에 가 있는 걸까."

"오늘 횡단보도를 건너려고 서 있는데 택시가 급히 서더니 손님이 급하게 확 내리고는, 나를 밀치고 곧장 뛰어가는 것이었다. 미안하다는 말도 없이, 뒤도 돌아보지 않고…. 뭐가 그리 급했을까. 무슨 일이 있었을까. 분명 S였다. 해야 할 일이 있는데 걱정이 돼서 일이 손에 잡히지 않는다. 무슨 일일까…. 지금쯤 연락을 해 봐도 괜찮을까…."

"오늘 로비에서 HS를 마주쳤다. 햇살 같은 미소를 지으며 나에게 다가왔다. 만날 때마다 살짝 손을 잡아 주면서 부드러운 인사를 건네는 녀석은 볼 때마다 사랑스럽다. 에이그. 한번 안아 줄 걸, 징그럽다고 저리 가라고 밀어 버린 게 조금 미안해진다. 책상 위에 두고 간 주스를 마시고, 고맙다고 문자나 보내 줘야겠다."

이런 부류의 표현들이 수시로 등장하는 나의 글들을 보면서, 나는 그가 누구인지 알지만 보는 사람은 오해할 수 있겠다는 생각이 비로소 들었던 것이다. 즉…. 내가 표현한 사람들은 모두 '여자'였는데, 보기에 따라서 '남자'로 오해할 수 있겠다는 것이다.

그 시절 나의 곱고 아리땁던 청춘에 주위를 배회한 착한 오빠들이 많았는데, 분명 나에게 관심을 두고 호의적으로 다가오는 것을 느꼈는데, 어느 틈에 보니 하나둘씩 다가오지 않는 것을 느꼈다.

나는 그 모습을 나에게 더 이상 관심이 없는 것으로 여겼는데, 지금 보니 그 착하고 선량한 오빠들이 '남자'가 있어 보이는 나에게 '감히' 다가올 수 없었던 게 아닌가 싶다.

내 인생이 그때부터 꼬이기 시작한 것 같다.

들에 핀 '꽃들'에게는 왜 이름이 없을까?
'들꽃'이라 불러도
충분히 아름답기 때문이다.

《로꾸거》, 류진한

들꽃은 들꽃이라 부를지언정, 사람은 이름을 불러야 한다.
그래야 오해가 없다.

왜 남의 남편이
더 친절할까

몇 년 전, 온 가족이 가까운 산으로 등산을 간 적이 있다.

등산을 마치고 내려오다가 그만 엉덩방아를 찧었다. 운동화 밑창이 너무 닳아 맨질맨질해져 미끄러워진 탓에, 조심한다고 했지만 기어이 넘어지고 만 것이다.

되게 아팠다. 가볍지 않은 몸무게로 내리찍듯 엉덩방아를 찧었고, 쾅! 소리가 들렸다.

올라가는 사람들, 내려가는 사람들이 놀라 걱정스럽게 쳐다보았고, 다들 걱정스러운 눈으로 내가 어서 일어나기를 기다리는 눈치였다.

그런데 마음과 달리 바로 일어날 수가 없었다. 일어나야겠다는 생각은 했지만 몸이 말을 듣지 않았다. 엉덩이뼈가 너무 아팠다.

몇 년 전 사고도 생각났다. 둘째 아이를 낳고 몇 년 뒤에 있었던 일이다. 어느 겨울 날, 눈길에 미끄러지면서 몸이 붕~ 떠오른 다음 바닥에 떨어졌는데 임신 초기여서 그런지 바로 유산이 되었다. 머리까지 부딪쳐서, 5분 정도 의식이 있었는지 없었는지 기억이 나지 않을 정도로 누워 있었다.

그 기억이 언뜻 스쳐 지나가면서 몸을 일으키려고 했는데, 눈앞에 어느 남자의 손이 보였다.

'남편 손인가?'

일말의 기대로 눈을 들었을 때, 눈앞에 보인 것은 나를 도와주려고 다가온 다른 누군가의 남편이었다.

"괜찮으세요? 도와드릴게요, 일어날 수 있으시겠어요?"
"괜찮아요, 저기 남편이 있어요….'"

그는 어정쩡하게 서서는, 황당하다는 듯 남편을 한 번 보고 나를 한 번 보면서 물었다.

"아니… 그런데 왜….”

나는 어색하고 면목 없는 미소를 지으면서 어서 일어나고만 싶었
다. 그런데도 도무지 일어날 수가 없었다.

"…”

그의 행동이 인상적이었다. 나는 쉽게 일어나지 못하면서도 괜찮다
고 말했고, 저만치 남편이 있다고도 말했다.

그런데도 그는 쉽게 지나치지 않고 도와주지도 못한 채, 한동안 서
서 어찌할 바를 모르고 있었다. 도와주지 못할망정 내가 일어나는 모
습을 확인하고 지나가고 싶어 하는 느낌이었다.

2~30미터 앞서 가던 남편은, 내가 미끄러져 주저앉아 있는 것을 알
고도 그 자리에 멈춰 서서 나를 보고만 있었다. 내가 쉽게 일어나지
못하는데도 일어나기를 기다리면서 그냥 보고만 서 있었다.

그런 남편이 있는 줄 모르고, 누군가의 남편이 나에게 다가와 손 내
밀어 도와주려고 하는 찰나였고, 내가 '저기 남편이 있어요'라는 말에
그제야 그는 내 남편을 보았다.

결국엔 이해할 수 없다는 표정을 지으며, "그럼, 조심해서 가세요”
라고 말하고는 지나갔다.

얼마 후 가까스로 내가 일어나서 걷기 시작하자, 없느니만도 못했던 남편은 나에게 또 하나의 몹쓸 추억을 남긴 채 '괜찮냐'는 말 한마디 없이 산을 내려갔다.

등산은 힘들 때 의지할 수 있고 손 내밀어 줄 수 있다는 점에서 부부가 함께하기에 꽤 좋은 취미이다. 산을 오르면서 평소에 나누지 못했던 대화도 나눌 수 있고, 좋은 공기와 경치 속에서 마음을 풀어낼 수 있다.

그러나 우리의 등산은 오로지 아이들과의 산행이 목적이었다. 산에 각자 올라갔다가 내려오는 게 관행이었다.

요즘은 등산도 하지 않게 되었지만, 그런 하나하나의 기억들이 쉽게 잊히지 않고 마음에 남아 찌꺼기처럼 쌓여 간다. 화석이 될 것 같다, 내 마음속에.

그리고 신기하고 궁금하다, 남의 남편은 왠지 친절하다.

이별 뒤에 쓰는 편지,
'남편을 소개합니다'

그에 대한 기억이 희미해지기 전에 남기는 글, 나는 그와 이별한다.

그는 예민하고 소리에 민감해요, 그래서 소음이 들리면 숙면을 취하지 못해요. 밤에 전기를 차단해서 냉장고를 꺼 버릴 수 있어요. 그래도 이해해 주세요. 그의 숙면과 마음의 안정을 위해서요.

그는 스트레스가 많아 매사에 예민한 반응을 보여요, 그러니 그가 스트레스를 받지 않도록 마음을 편안하게 해 주세요. 잔소리하지 말고요, 엄마처럼 다정하고 상냥하게 대해 주세요. 그래요, 엄마처럼요.

그는 식성이 까다로워요. 맵고 짜고 시고 단 음식은 먹지 못해요.

먹지도 않아요, 싫어해요. 그러니 모든 음식에 간은 최소한으로 하고, 양념은 심하게 하지 마세요.

싱싱한 야채를 좋아하고, 육식은 별로 좋아하지 않아요. 냉장고에서 2~3일 묵은 음식은 먹지 않으니, 매일매일 새로운 반찬을 해야 할 거예요.

생활비는 잘 주지 않을 거예요. 어떻게든 벌어서 내조를 잘해 보세요. 잘 먹이고 잘 재워야 해요, 그래야 성질을 부리지 않아요.

그는 소심하고 내성적이고 생각보다 마음이 약해요. 그런데 말을 함부로 하고 사람의 마음을 잘 몰라 줘요. 그래도 섭섭해하거나 상처 받지 마세요, 사실은 그의 마음에 더 많은 상처가 있어서 그래요.

그는 지나칠 정도로 조심성이 많게 느껴지기도 해요, 그래서 다른 사람을 믿지 않아요. 세상 모든 사람이 다가와서 사기를 친다거나, 해를 가할 것으로 생각해요.

아파도 병원에 가지 않아요. 웬만해서는 안 갈 거예요, 뼈가 부러지지 않는 이상은. 그러니 잘 돌봐 주세요. 의사처럼요.

그는 옷을 사 입지 않아요. 신발도, 가방도, 허리띠도…. 겨울인데 포근한 오리털 점퍼 하나 없어요. 가게를 지나갈 때마다 멋진 옷을 보면 사 입히고 싶은 마음이 들더라도 멋대로 사지 마세요.

그의 마음에 들지 않으면 입으려 하지 않을 거예요. 그렇다고 그를 설득해 함께 옷을 사러 갈 수도 없을 거예요. 그런 일은 없을 거니까요. 그의 마음이 춥지 않게 돌봐 주세요, 마음이 추운 사람이니까요.

그는 사랑받고 싶어 하는 사람이에요. 아마도 사랑을 많이 받고 자랐을 테지만, 정작 가족이 필요한 순간에는 홀로 타지에서 공부하며 자라 외로움이 있을 거예요.

그는 혼자만의 시간을 좋아해요. 누군가와 함께 보낸 시간이 너무 적어요. 그래서 서툴러요, 누군가와 지내는 일이…. 그러니 오해하지 말아요, 당신이 싫어서 함께 있지 않는 것은 아닐 거예요.

그는 외식을 싫어해요. 바깥 음식은 비위생적이고, 조미료가 첨가되니 말이에요. 먹고 나면 속이 불편하다고 해요, 종종 설사도 해요.

그러니 맛있는 음식이나 먹고 싶은 것이 있으면, 그냥 낮에 친한 동네 아줌마들이랑 가서 맛있게 먹고 오세요. 그게 오히려 속이 편할 거예요. 외식은 셀프, 결제도 셀프.

아프면 아프다고 말하세요, 슬프면 슬프다고 말하세요, 필요한 게 있으면 말하세요. 말하고 싶은 게 있으면 말하세요, 그런데 말해 봤자 잘 알아주지는 않을 거예요.

일이 되는 것도 없을 거예요. 그래도 말하세요, 말하지 않으면 그는 당신이 말했다는 사실조차 영원히 모르고 살아갈 테니까요.

그는 말을 해도 잘 못 알아들어요. 한 번에 한 가지 생각밖에 못 해요, 그리고 잘 잊어 버려요. 그래도 자주 상의하도록 하세요, 그렇지 않으면 그와 결코 얘기할 수 없을 거예요. 그러다 보면… 나처럼 멀어지게 될 거예요.

그리고… 당신이 그를 만나게 된 것이 결코 내 탓은 아니니 나를 원망하지 말길 바라요.

부디 당신은 '나'와 달라서 '그'와 꼭 맞는 단짝으로 소울 메이트가 되어 행복하게 살길 바라요. 그의 기억에서 저와의 몹쓸 기억이 아주 사라지게 만들어 주세요, 부디….

가장 나다운 길을
가는 것이란

EBS 프로그램 중에 고부갈등을 다루는 프로가 있어서 가끔 찾아본다. 막상 자신이 겪는 일일 때는 자기 고통과 연민으로 잘 보이지 않는 문제들이, 3자의 입장에서 바라볼 때는 다르게 느껴진다.

그런 경험에서 글의 소재를 얻기도 하고, 다른 사람의 마음과 상황을 알 수 있는 계기가 되기도 한다. 그래서 즐겨 보게 된다.

외국인 며느리가 한국에 와서 생활하며 겪는 문화 차이와 갈등, 표정과 입장 등을 이해하면서 상황을 어떻게 해결해 나가면 좋을지 알게 되었다. 막상 내 일이 되었을 때는 쉽지 않지만, 3자의 시선으로 볼 때는 보다 넓게 이해하고 바라볼 수 있다.

얼마 전에는 베트남 며느리가 남편, 시어머니와 함께 베트남 친정을 방문하여 벌어진 에피소드를 보았다. 시어머니는 더운 날씨에 쭈그리고 앉아 손주와 식구들 옷을 손빨래하고 있었다.

늙은 시어머니가 거품도 잘 나지 않는 비누로 빨랫감에 치대고 또 치대는 모습을 보면서 '너무 힘드시겠다'라는 생각을 하고 있었다.

그때 며느리가 주전자에 뜨거운 물을 받아와서는 큰 대야에 부어서 따뜻한 상태로 만들었다. 그리고 잘 알아듣기 힘든 한국말로 '아기 목욕시킬 거니 사용하면 안 된다'고 빠르게 말하고 갔다.

그 말을 알아듣지 못한 시어머니는 따뜻하고 맑은 물에 빨래를 마지막으로 헹구었고, 자리에 돌아온 며느리는 분노해 소리를 지르면서 대야의 물을 엎어 버렸다.

며느리는 시어머니를 향해 빨래하지 말라고 하지 않았느냐며 아기 목욕을 시켜야 한다고 소리를 질렀고, 시어머니는 왜 물을 쏟아 버리느냐며 어서 빨아 널어야 옷을 입을 것 아니냐고 했다.

서로의 말을 듣지 않고 이해하지 못하는 채로 한동안 고성이 오갔다. 방송으로 편집해서 그렇지, 실제론 꽤 긴 시간 싸움이 벌어졌을 것이다.

나중에 며느리의 인터뷰를 통해 며느리의 입장을 알게 되었다. 베트남에서는 빨래한 대야에 아이를 씻기면 아이의 머리가 나빠진다고 믿는다는 것이었다.

그때에야 며느리가 왜 그렇게 분노했는지 이해가 갔고, 시어머니는 시어머니대로 얼마나 곤란했을까 생각했다.

다른 방송에서도 유사한 경우가 있었다.

베트남 며느리의 한국생활을 보여 줬는데, 며느리를 바라보는 시어머니의 눈빛이 영 불만스러웠다.

이십 대 초반의 어린 며느리가 머리를 틀어 올려 한쪽으로 치우치게 묶자, 시어머니는 반듯하게 뒤통수 정 가운데에다 똑바로 묶으라고 했다. 매번 얘기해도 며느리가 말을 듣지 않고 고집이 너무 세다며 시어머니는 못마땅해했다.

며느리는 며느리대로 자기만의 스타일이 있고, 그런 헤어스타일을 남편이 좋아한다고 했다. 예쁘고 싱그러운 어린 아내가 귀엽고 발랄하게 머리를 묶으니, 보기에도 잘 어울리고 사랑스러웠다. 그래서 며느리의 처지도 이해되었다.

그런데 다음 인터뷰에서 시어머니의 마음을 알게 되었다. 시어머니의 말에 의하면, 예로부터 머리를 삐딱하게 묶으면 좋지 않은 일이 생긴다고 했다는 것이다.

빨래 대야에 아이 목욕을 시켜도, 머리를 삐딱하게 묶어도 괜찮은 일일 수 있다. 대야를 깨끗이 헹궈 목욕을 시키면 되고, 머리를 깔끔하게 올려 묶고 아이를 잘 돌보면 편한 것이다.

그러나 서로의 문화와 입장 차이가 커서, 서로를 편하게 바라보지 못하고 갈등은 커졌다.

작은 차이가 큰 풍파를 일으키는 생활이 반복되는 고부 열전을 보면서, 사람을 받아들인다는 것의 의미를 생각했다. 문화와 태도와 상황과 일상적인 습관까지도 다 알아가야 하는 일이 아닐까. 절대 쉽지 않은 일이다.

그래서 사람 한 명이 온다는 건 곧 그의 인생이 오는 것과 다름없다. 과거와 현재, 미래까지도 함께. 나의 편견과 고집과 태도가 상대방의 인생을 함부로 판단하고 고치려 할 때, 서로의 삶이 얼마나 고단해지고 고성이 오가는지를 보았다.

특히 시어머니라서 남편이라서 권위와 자격으로 동등하지 않게 일어나는 싸움에서, 며느리는 약자가 된다.

고작 울거나, 돌아앉아 있거나, 입을 닫거나, 소리 지르거나 하는 방식으로 반복되는 일상이 보는 이에게도 괴로움을 주는 듯했다.

누군가를 이해한다는 건, '그럼에도 불구하고' 하는 것이다. 서로가 너무나 다른 환경에서 살아온 것임을 생각할 때, '이해'는 함께 살아가는 가족에게는 당연히 전제되어야 할 배려 그 이상의 가치가 있다.

그러나 살아가는 게 마음대로 이해하고 의지대로 포용할 수 있지만은 않다. 마음과 의지가 달라서, 머리와 몸이 시키는 게 달라서, 하루에도 수십 번 갈등하고 절망하는 게 아닐까.

타국에서 와 한국에서 살아간다고 해서 한국 사람이 될 수 없듯이, 결혼한다고 해서 또 이혼한다고 해서 내가 다른 존재가 될 수는 없다.

나는 언제나 그래왔듯 '나'인 것이다. 내가 겪는 혼란과 절망은 내가 '나'일 수 없을 때 일어난다.

나답게, 나다운, 나여서 좋은 일상으로 하루하루를 이어가면서, 스스로의 가치를 높이는 것이 가장 나다운 길로 가는 것이다. 그래서 나도 나답길 원한다.

'나'다우면서도 나를 잃지 않고 나여서, 이 세상 어느 한 부분이 밝아지고 아름다워진다면 그것이 곧 행복이고 보람이다.

오늘도 나다움을 잃지 않고 나의 진짜 모습을 발견하고 지켜갈 수 있는, 그래서 하루하루가 더 새로워지고 더 성장할 수 있는 행복을 만끽하길. 그런 날들이 이어지길 바란다.

누구에게나
핑크빛 젊음이 있었다

얼마 전 모임에서 재미있는 말을 들었다.

몇십 년 전 한국 여자와 사랑에 빠져 한국으로 와서는 결혼하여 주저앉게 된 미국 남자에 대한 이야기였다.

그땐 피부가 백합같이 곱고 아리따웠을 할머니는 여든이 넘었다고 하는데, 그 시절에 외국인과 결혼한다고 하니 부모님, 동네, 사돈의 팔촌까지 난리가 났었다고 한다.

호적을 파니 마니 호되게 야단을 맞고 머리카락까지 잘리는 일을 겪고서, 할머니는 우여곡절 끝에 결혼하여 백년해로하고 사는 듯했다.

하지만 꽃 같던 신부는 점점 호랑이로 변해 갔고, 신사처럼 멋지기만 하던 키 큰 신랑은 햇볕에 그을리고 주름이 자글자글한 시골 할아버지가 되었다.

할머니는 언제부터인가 욕을 많이 하고 남편을 '쥐 잡듯' 잡고 산다는 소문이 파다했다고 한다. 할아버지는 고인이 되었는데, 돌아가시기 전에 유언을 남겼다고 한다.

"마누라, 나 죽으면 박 영감이랑 꼭 재혼해서 남은 인생을 살도록 해요."

그랬더니 자식들이 '아버지, 무슨 말씀이세요, 어머니 연세가 팔십이에요'라고 했더니 할아버지가 그러시더란다.

"그 새끼도 당해 봐야 해."

하이개그였을까, 진심에서 우러나온 절규였을까.

할아버지들끼리 농사지으며 일마다 때마다 박 영감님과 부딪힘이 많았던 모양이다. 내내 스트레스받고 힘들어하더니 돌아가시는 마당에 선물을 남기려 했나 보다.

그 말을 듣는 순간, 나는 미국인 할아버지가 평생 얼마나 한이 맺

했을까 생각했다. 웃어야 할지 진지하게 들어야 할지 몰랐다.

할아버지도 할머니와 살아오는 동안 심적으로 부딪힘과 힘든 점이 많았겠다 싶다.

삶의 마지막 순간, 누군가를 남기고 간다는 마음은 어떤 것일까. 마지막에 떠오를 무수한 말을 다 하지 못하고 그저 몇 마디 해야 하는 순간이 온다면, 그조차 하지 못하고 갑작스럽게 가야 한다면….

누군가를 보내고 홀로 남게 되는 사람은 어떤 마음으로 살아가게 되는 걸까.

아직 부모님의 죽음을 겪지 않은 나로서는, 부디 두 분이 죽음을 충분히 준비하고, 가는 길이 편안했으면 좋겠다고 생각한다. 그건 나를 위한 일이기도 하다. 갑작스럽게 떠나보내지 않고 삶의 정리를 함께할 수 있는 시간이 있으면 좋겠다.

막상 할아버지가 돌아가시고 나니 할머니는 온순한 어린 양이 되었다고 한다. 목소리가 쩌렁쩌렁하고 기운이 넘치던 할머니에게도, 할아버지와의 이별은 적지 않은 상흔을 남겼을 것이다.

사람이 변하려면 큰 충격이나 계기가 있어야 한다. 그래서 '사람이 갑자기 변하면 죽는다'라는 말이 생긴 걸까. 아마도 그 충격이 할머니에게는 남편의 죽음이 아니었을까.

할아버지가 남기고 간 유품들을 정리하다 보니, 연애할 때 함께 읽었던 책 속에서 할아버지가 책을 구매한 영수증이 나왔다고 한다.

영수증을 버리려던 찰나, 우연히 영수증 뒷면을 보고 할머니는 통곡하며 책을 부여잡고 울었다고 한다. 자식들이 가서 보니 영수증 뒷면에 영어로 이렇게 적혀 있었다.

"내 색시가 되어 나랑 평생 행복하게 살아 줘요…."

누구에게나 핑크빛 젊음은 있었다. 나의 시작도 핑크빛이었으나 갈수록 색이 변질되고, 차마 어떤 그림도 더 이상 그릴 수 없게 만드는 엉망진창이 되었다. 앞으로는 맑고 투명한 수채화를 그려 가고 싶다.

오염되지 않고 나만의 색이 담기는 수채화. 나의 독립이 앞으로는 많은 사람에게 고운 색을 남기고 빛을 남기고, 오래도록 바라보고 싶은 한 편의 아름다운 그림이 되면 좋겠다.

내 감정의 주인이
되어야 하는 이유

대학교 재학 시절, 국어국문학과 문학개론 수업 시간 때의 일이다.

교수님은 학생들 한 명 한 명에게 '사랑'이란 무엇이라 생각하느냐고 한마디씩 대답하게 했다.

대학을 갓 입학한 신입생으로서 이성과의 사랑을 한마디로 정의하기란 너무나 어려웠다. 누군가를 이성적으로 사랑해 본 경험이 일천하여, 남녀 간의 사랑을 정의하기란 정말이지 어려웠다.

다른 학생들도 마찬가지인지, 웃으며 웅성웅성하더니 이윽고 한 사람 한 사람의 대답들이 이어졌다.

'보고 있어도 보고 싶은 감정.'

'사랑하는 사람을 위해 희생해도 전혀 아깝지 않은 감정.'

'주어도 다 주고 싶은 감정.'

'함께 있으면 좋고 계속 같이 있고 싶은 느낌.'

'항상 그립고, 상대의 어떤 모습이라도 다 좋게 보이는 것.'

'죽음까지도 아깝지 않은 것.'

하필 내가 대답할 순서가 끝 쪽이어서 할 만한 대답은 앞에서 거의 다 나왔기에, 내 차례가 다가올수록 다른 이들이 말하지 않은 대답을 생각해 내야 했다.

드디어 내가 답할 차례가 되었을 때, 나는 막막한 마음으로 조심스럽게 말했다.

'한마디로 정의할 수 없는 무엇.'

교수님이 수업을 어떻게 진행했는지 기억이 잘 나지 않지만, 확실한 건 학생들이 대답한 모든 표현이 맞다고 한 것이다.

전혀 '보통스럽지' 않은 작가, 알랭 드 보통은 불과 스물다섯의 나이에 《왜 나는 너를 사랑하는가》에서 사랑에 대해 이렇게 표현했다.

순간 나는 클로이의 팔꿈치 근처에 있던, 무료로 나오는 작은 마시멜로 접시를 보았다. 갑자기 내가 클로이를 사랑한다기보다는 마시멜로 한다는 것이 분명해졌다…. (중략) 그 말은 너무 남용되어 닳고 닳아버린 사랑이라는 말과는 달리, 나의 마음 상태의 본질을 정확하게 포착하는 것 같았다. (중략) 나는 너를 마시멜로 한다고 말하자, 그녀는 내 말을 완벽하게 이해하는 것 같았다. 그녀는 그것이 자기가 평생 들어본 말 중 가장 달콤한 말이라고 대답했다.

"나는 너를 마시멜로 한다"고 고백한 그나, 알아들은 그녀나! 서로의 마음을 '마시멜로처럼' 알아차린 두 사람의 말랑말랑한 이야기.

"나는 너를 마시멜로 해."

그의 표현처럼 '맛있게 녹는, 지름 몇 밀리미터의 달콤하고 말캉말캉한 물체'가 전하는 풍신하고 부드러운 감정이 내게도 와 닿는다.
우리는 사랑을 어떻게 말하는가. 나는 사랑을 어떻게 말해 왔던가.

'나는 너를 토마토 해.'
'나는 너를 솜사탕 해.'
'나는 너를 카푸치노 해.'

대학 강의실로 돌아간 듯 생각나는 대로 말을 바꿔 봐도, 역시 보통 선생의 원조 표현 '마시멜로 해' 만큼의 표현을 떠올리지 못하겠다.

나는 요즘, 사랑뿐 아니라 문득문득 마음에 일렁이는 감정들을 피하지 않고 생각한다.

알랭 드 보통의 또 다른 표현이 내 마음에 특별한 의미로 다가온다.

"나 자신의 감정의 저자가 되는 것이 나의 의무가 아닐까?"

'나 자신의 감정의 저자가 되는 것', 내 인생을 살아가는 데 필요한, 너무나 중요한 일인 것 같다. 내 감정의 저자로 살아가려 한다.

애쓰지 않으면 다른 사람들의 감정에 휘말리게 될 수도 있다. 세상이 이미 부여한 감정 앞에서 자유롭기란 쉽지 않기 때문이다.

《더 해빙》에 보면 다음과 같은 말이 나온다.

우리는 좋은 일과 나쁜 일을 다 정해 놓고 그에 따른 감정까지 사회적으로 규정해 놓죠. 연인이나 배우자와 헤어지는 것, 건강이 안 좋아지는 것, 일이나 사업이 잘 안 되는 것, 이런 일들이 항상 힘들고 불행한 일일까요?

잠시만 생각해 봐도 그렇지 않다. 위기와 고난의 순간을 지나 새로운 반전으로 희망과 성공을 향해 나아간 우리 삶의 위인은 곳곳에 많다. 내 감정도 내 삶도 내가 지키고 이름을 붙여 가는 것, 그것이 내 감정의 저자로서 살아가는 길이다.

결혼을 끝낸다고 해서 인생이 끝나는 것이 아니고, 인생이 잘못되는 건 더더욱 아닐 것이다. 앞으로 어떻게 살아가느냐에 따라 삶의 방향이 완전히 뒤바뀔 수 있는 건, 결혼 중에나 후에나 마찬가지다.

행복하고, 소망이 넘치며, 건강하게 살아가고 있는 이때가 감사하다. 현재 나는 내 삶의 저자로서 글을 쓰고 있다. 나의 의무를 충실히 다하고 있는 중이다.

: 4부

내 삶에 알맞은
걸음으로

뇌경색, 절망적,
그럼에도 건강하게

모든 건 이날 시작되었다. 나이 마흔셋, 2019년 12월 15일 저녁.

외출을 마치고 저녁에 집으로 돌아와서는 아이들과 이야기 몇 마디를 나누고는 곧바로 침대에 누웠다.

몹시 피곤한 건지, 잠이 들려는 건지, 의식이 있는 건지 없는 건지 희미해져 갈 무렵, 막내가 다가와서 말을 시켰다.

아이가 건네는 일상적인 말에 답할 기운이 없어서 대답하지 못하고, 최대한 정신을 또렷이 차리려 애쓰며 말했다.

'가서 언니 좀 불러와 줘.'

그런데 생각과 달리, 입에서는 다른 말이 나오고 있었다.

"애니해다롤제로나다로내래대래이애…."

엄마의 말을 못 알아듣겠는 아이가 내 곁에 붙어서 계속 말을 시켰다.

"엄마 뭐라고? 엄마 뭐라고? 엄마 뭐라고?"
'가서 언니 좀 불러와 줘, 엄마가 머리가 너무 아파서 말을 잘 못하겠어….'

머릿속 생각과는 다르게, 자음과 모음이 따로따로 입에서 내 의지와 상관없이 흘러나왔다. 엄마의 이상한 모습을 보고 아이가 놀란 건지 어쩐 건지, 가 버렸다. 그 뒤로 나는 의식을 잃은 것 같고, 정신을 차렸을 때는 아이들이 모두 잠든 새벽….

나는 깨질 듯 아픈 머리를 붙잡고 방안을 기어 다녔다. 그러다 깨고, 그러다 깨고…. 잠이 어떻게 든 건지 정신을 겨우 차려 보니 아침이 밝아 있었다.

지난밤 보다는 그래도 정신을 차린 채로 겨우 첫째 둘째 아이를 학교에 보냈다. 현관 앞에서 웃으며 아이에게 '학교 잘 다녀와'라고 말을 하는데, 첫째가 못 알아듣고 "엄마 뭐라고?"라고 물었다.

두 번째로 '학교 잘 다녀와'라고 다시 말했는데, 아이가 또 못 알아듣기에 웃으며 겨우 손을 흔들었다.

마지막 남은 막내의 손을 잡고 유치원으로 향했다. 겨우겨우 막내를 제 시간에 유치원으로 들여보내고, 나는 그 길로 유치원 앞에서 버스를 타고 30분쯤 걸려 신경외과 개인병원으로 찾아갔다.

가는 중에도 눈에 초점이 없어 30여 분을 헤매다 겨우 찾아 들어간 병원에서, 나는 계속 정신을 차리려 애썼다. 접수하고 증상을 말하니, 잠시 후 다급한 목소리로 나를 불렀다.

지금 당장 택시를 타고 가까운 종합병원 응급실로 가라고…. 급하게 소견서를 들고 택시를 불러 병원 응급실로 갔다.

응급실에 들어설 때 나의 상태는, '말을 어눌하게 하고, 눈빛과 의식에 생기가 없었으며, 똑바로 걸을 수 없었다.'

응급 처치와 검사가 순서대로 이어졌고, 의사는 나에게 보호자가 있는지 물었다.

나는 그 와중에 또렷하게 대답하려 노력했다.

"보호자 없어요. 저에게 말씀하시면 돼요…. 제가 이혼해서요…."

결론은…. 의사는 내게 다가와 나의 병명을 말해 주었다.

"급성 뇌경색입니다. 일주일간 입원하셔야 합니다. 일주일 동안 뇌경색 발병 원인을 찾고, 더 진행되지 않도록 처치를 할 것입니다. 보호자 오게 하세요."

그동안 나도 모르는 사이에 나의 뇌가 서서히 아프다고 신호를 보내고 있었던 것이다.

지금의 내 상태를 먼저 말하자면, 처방받은 약을 잘 챙겨 먹으면서 평범하고 건강하게 지내고 있다.

그러나 일주일간의 입원 기간 동안 의사로부터 내가 자주 들은 말은 다음과 같다.

"마흔세 살 젊은 나이에 뇌경색이 온 이유를 우리는 알아야 합니다. 그것을 위해 검사와 치료를 할 것입니다."

"마흔세 살밖에 안 된 젊은 나이에 뇌경색이 왔기 때문에, 앞으로 평생 약을 먹으면서 재발하지 않도록 하는 것이 중요합니다."

급성 뇌경색은 또 다른 뇌경색이나 뇌출혈로 재발할 우려가 적지 않다. 하여, 뇌경색이 어떻게 왔는지 이유를 알아서, 같은 상황이 발생하지 않도록 하는 게 중요하다고 한다.

몇 번 들어나 봤던 '뇌경색'이 나에게 올지는 결단코 몰랐다. 그러나

의외로 뇌경색은 흔히 볼 수 있는 질병으로, 상당히 많은 분이 후유증으로 고생한다고 한다. 심지어 사망에도 이를 수 있다고 한다.

재발률도 비교적 높고, 재발이 될수록 후유증도 심해진다고 하는데, 간호사 말로는 겨울철이 뇌경색 성수기라고 한다. 손상된 뇌세포 부위는 다시 살릴 수 없다. 재생할 수 없고, 회복시킬 수 없고, 안타깝지만 버린다고 받아들여야 한다.

이제 중요한 건 나머지 뇌의 기능으로 평생 최대한 건강하게, 조절하고 주의하면서, 나의 건강 상태에 대한 책임과 의무를 갖고 살아가는 것이다.

내 삶을 제대로
살 수 있을 것 같다

응급실 침대에 혼자 누워 의사에게서 "급성 뇌경색입니다"라는 말을 들었을 때, 나는 울음을 터뜨리고 말았다.

앞길이 창창한 세 아이와 친정 부모님이 떠올랐고 나를 사랑하는 지인들의 모습이 스쳐 지나갔다. 내가 눈물을 터뜨리자, 간호사가 손을 잡아 주었다.

"괜찮을 거예요. 나아서 나갈 수 있어요. 병원에 빨리 잘 오셨어요."

누군가의 한마디가 그토록 힘이 된다는 사실을 새삼 알았다.

사실, 병원에 빨리 잘 간 건 아니었다. 뇌경색의 골든타임은 3시간이다. 검사하고 처치할 시간을 생각하면, 늦어도 2시간 안에는 검사와 치료가 가능한 종합병원이나 대학병원 응급실로 가야 한다.

응급실에서 응급 검사와 처치를 받은 후, 나는 입원실로 올라갔다. 침대에 누워 긴 복도를 여러 사람의 도움으로 이동하면서, 나는 '이제 내 앞길에 새로운 길이 열리는구나…' 하고 생각했다.

그나마 다행인 것은, 이조차 글로 써야겠다고 생각했다는 점이었다. 내 정신은 멀쩡했다. 지금도 이렇게 글을 쓸 수 있어서 너무 다행이고, 행복하다.

글을 쓰는 일은 건강에도 썩 좋지 않고, 평균적으로 돈벌이에도 그다지 도움이 되지 않으며, 성격은 말할 것도 없이 점점 이상해져 가지만 다행히 한 가지 구원이 있다. 이렇게 모든 고통과 슬픔과 사건 사고에서도 무언가를 '건질' 수가 있다. 혼자라는 느낌이 들 때, 고독이 뼛속 깊이 사무칠 때, 무언가를 상실했을 때, 고통의 감정은 내 안의 여러 생각과 감정을 미친 듯이 자극시킨다. 비관으로 무너져 내리기보다 이 느낌이 사라지기 전에 어서 글로 표현하고 싶은 충동을 느낀다. 고통은 어떤 형태로든 창작의 원천이 되어 준다.

《태도에 관하여》, 임경선

작가는 어떤 상황에서도 글을 생각하게 되는 사람이다. '미치고 팔짝 뛰겠는 상황'에서도 글 쓸 생각을 하면 엔도르핀이 솟는 듯하다.

이전만큼만 글을 쓸 수 있게 되면, 어떻게든 계속 살아갈 수 있을 거라고 확신했다.

병원에 있어 보니 삶과 죽음이 한 뼘 차로 가까이 느껴졌다. 사느냐 죽느냐 어떻게 사느냐 어떻게 죽느냐가 가장 가깝고 시급한 현실이 되는 곳, 병원은 또 다른 세상이었다.

내가 입원해 있는 동안, 친정 아빠가 한겨울 캄캄한 밤중에 할아버지 할머니 묘소를 찾아갔다고 한다.

하나뿐인 딸이 혹시라도 잘못될까 봐, 교회 가서 기도하고 돌아가신 부모님한테 가서 용서를 빌고….

그러고는 감기에 눈병에 온갖 바이러스를 뒤집어 쓰고 와서는 나보다 더 환자처럼 전화를 받았다.

"아빠가 나보다 더 환자 같아요."

반가운 딸의 목소리에 그처럼 걱정 근심이 가득한 아빠의 음성은, 나도 처음이었다.

혹시라도 당신이 살아온 삶의 작은 잘못 때문에 딸에게 병이 찾아온 것일까 봐, 당신 때문에 딸이 고통받을까 봐, 아빠는 할 수 있는 무엇이라도 할 것이었다.

그때 알았다, 죽음과 절망이 닮았다는 것을.
삶의 반대편에는 죽음이 아니라 절망이 있다는 것을.
사는 게 사는 게 아니라는 말은 그래서 나온 말이다.
사는 게 사는 것이어야 하는데
사는 게 죽는 것 같이 힘들게 느껴져서
사는 게 사는 것이 아니라는 마음.
사는 게 절망이면, 그 삶은 죽은 삶이다.
삶을 살리는 길은 그럼에도 불구하고 사는 것이다.
쭉.
이왕이면 잘.

뇌출혈이 아니라 그나마 다행이고, 회복이 빠르니 다행이고, 기적적으로 아무렇지 않아 보여 다행이다.
물론 앞으로 평생 먹어야 하는 약의 특징상 지혈이 잘 안 된다거나 멍이 많이 든다거나 피부발진, 두통, 어지러움, 언어 장애 등 곳곳에 지뢰밭 같은 징검돌들을 건너며 살아가야 할 것이다.
그러나 알고 가는 길과 모르고 가는 길은 다를 것이다.

지금까지는 내 몸이 보내는 위험한 사인을 너무 모르고 살아왔다면, 앞으로는 매일매일 하루도 거르지 않고 약을 챙겨 먹으며 몸과 맘을 잘 돌보면서 살 것이다.

다시 생각해 본다, 내 삶을 제대로 살아볼 때가 된 것이다.

병원에서 깨달은
나의 자산 내역

삼사십 대 사람들은 잘 모를 수도 있다, 뇌경색에 대해. 나도 그랬으니까. 아는 것이라곤, 주변에 누가 뇌경색이었거나 뇌경색이었다더라 정도….

뇌경색은 치료하고 낫는 병이 아니라 진행되고 재발할 수 있는 병이기에, 평생 관리해야 한다.

매 순간 '심장병, 불치병, 재난사고'에 대해 염려하고 신경 쓰며 공부하지 않는 것처럼, 뇌경색도 내 삶에서 전혀 상관없이 지나갈 병명 중하나였다.

그런데 내가 막상 뇌경색에 걸리고 보니, 알게 되는 것이 있었다. 또 다른 세계로 입문하는 과정이다.

뇌경색, 앞으로 평생 짊어지고 살아가야 하는 숙제. 나는 잃은 것보다 얻는 게 더 많을 것 같다는 생각을 한다.

좌뇌 부분, 언어 영역 쪽 기능을 일부 잃었지만 다른 영역에서 담당해 나갈 수 있다. 물론 그렇게 활성화시키고 무리하지 않게 관리하는 건 전적으로 내 책임일 것이다.

나는 입원하고서, 지금까지 살아오는 과정에서 많은 자산을 갖고 있음을 다시금 알게 되었다.

여기서 '자산'은 금전적인 것이 아니다. 나와 관계된 사람들과의 인연, 나를 믿고 아끼고 격려하는 마음을 갖고 있는 사람들, 나와 연대를 맺고 같은 언어를 쓰는 사람들일 것이다.

눈으로 보이는 도움을 못 줄지언정 언제든 내 말을 들어 줄 준비가 되어 있는 사람들이, 나의 확고한 '자산'이다.

그러나 신변에 변화가 있고 병이 생겼을 경우, 주변의 자산이 있는가 없는가가 삶에 있어서 큰 차이를 만드는 것이다.

나는 도와달라는 말을 잘 못 하는 사람이었다. 누가 뭔가를 주면 배로 갚아야 발 뻗고 잘 수 있었고, 뭔가를 거저 받으면 좌불안석 어쩌지를 못해 온종일 미안하고 죄송하고 사과해야 할 것 같은 생각까지 들었다.

그런데 아프고 힘든 일에 처하면서 도움을 요청했을 때, 비로소 나는 내 자산이 가진 진정한 힘을 느낄 수 있었다.

나에게 먼저 '괜찮아? 도와줄 것 없어?'라고 묻는 사람들은 지척에 있는 고마운 분들이다. '괜찮아? 도와줄 것 없어?'라고 묻기 전에 도움의 손길을 뻗은 사람들은 내 삶의 최전선에 있는 사람들이다.

병원에 있는 동안 친정 엄마와 아이들을 위해 집으로 온갖 양식들이 배달되었다. 내가 모르는 사이 냉장고가 가득 차고 과일이 차고 넘치고 간식이 차고 넘쳤다.

아이들은 영문도 모른 채 택배를 받고, 나는 뒤늦게 핸드폰 문자로 오는 알람들로 어떤 택배가 우리 집 앞으로 안전히 배달되었는지 알게 되었다.

묻지도 따지지도 않고 보내온 온정에, 나는 병원에서 내가 얼마나 큰 자산과 축복 속에 있는지 알고 용기를 얻었다.

병을 이길 수 있는 용기, 살아나갈 수 있는 용기, 사람에 대한 용기, 내 삶에 대한 용기….

소중한 인연을 맺고 따뜻하게 살아가는 사람들은, 비록 어려운 상황에 직면한다고 해도 삶의 질은 높다. 그런 인연 없이 고독과 외로움 속에서 힘겹게 살아간다면, 그 자체가 빈곤이고 궁핍이다.

사람들과의 인연은, 그 자체가 자산이며 나눔과 경험을 통해 알게 되는 마일리지다.

누구나 혼자 살아갈 수 없기에, 힘든 순간에 의지할 수 있는 사람이 주변에 있어야 한다. 의지할 수 있고 의지하고 싶은 대상이 없다면, 인생의 안전기지 없이 홀로 적진에 뛰어드는 목숨 건 무모함과 용기가 뒤따라야 하지 않을까.

그렇다고 늘 기대어 살 수는 없다. 누가 언제까지 방패와 호구가 되어 줄까? 그런 일은 만무하다. 나의 응원단이 있고, 내가 필요한 경우 적극 응원을 받으며 앞으로 나아가는 삶이 우리 인생의 로또보다 더 확실한 자산이고 인연이다.

나도 나의 자산에게 진심을 다해 변치 않는 고품격 자산이 되고자 노력할 것이고 또 그래야만 한다. 그럴 때 살아갈 만한 세상이 되지 않을까.

그런데 이런 자산을 만드는 게 내 경우에는 나의 약한 점과 아픔, 단점들을 드러내는 것이었다. 늘 괜찮은 척, 씩씩한 척, 잘하는 척하며 살아왔더니 결혼은 졸업했고, 자가에서 월세로 넘어왔다.

건강한 척했더니 병이 왔다. 그리고 현재의 상태다. 그 과정에서 내가 잘한 게 있다면, 나의 일들에 관해 책을 쓴 일이다.

내 책을 통해 사람들은 나에 대해 더 자세히, 가까이 알게 되었고 나에게 손을 내밀어 주는 진짜 나의 아군들이 보이기 시작했다.

나는 아군들에게서 힘을 얻는 법도 배우고, 배려를 받고 배려하는 법도 제대로 배우고 있는 듯하다.

사람은 아플 때 가장 약해지지만, 강해지기도 하는 것이다. 생명에 대한 본능, 사람에 대한 인식.

평소에 웃는 얼굴로 잘해 주는 사람의 이면까지는 모를 수 있다.

내가 힘들 때 진심으로 곁에 있는 사람들이 나를 진실로 배려하는 사람들이다.

나의 자산, 아군들이여. 당신들에게 입은 은혜는 반드시 갚습니다!

인생의 파도 앞에서
바다를 본다

큰일을 겪어 보면 주변에 누가 있는지 잘 보인다.

내 경우는 결혼 졸업 후 독립이었고, 두 번째는 책 출판이었고, 세 번째는 뇌경색으로 입원한 일이었다. 이 세 가지가 마치 드라마처럼 한 해 후반기에 모두 일어났다,

원 펀치, 투 펀치, 쓰리 펀치까지 한꺼번에 벌어진 세 가지 굵직한 사건 속에 나의 인맥들은 추려지고 추려지고, 그리고 더해졌다.

결혼에서 졸업해 빠져나올 때는 측은지심과 이해, 대리만족과 응원하는 인맥으로 좁혀졌다. 손뼉을 쳐 주거나, 어깨를 토닥여 주거나, 한걸음 더 다가와 응원해 주는 사람들이 있었다.

두 번째, 책 출판으로는 관심과 축하, 책을 알리기 위해 애써 주는 사람들, 내 일을 자기 일 같이 생각하는 사람들이 있었다. 때로는 부담스럽게, 때로는 과분하게, 때로는 고맙게, 그들이 보여 준 내 편 되기는 감동이었고 벅찼다.

세 번째, 뇌경색으로 인한 입원 기간에는 좀 더 다른 편으로 갈렸다. 결혼식에는 못 가더라도 장례식에는 꼭 가서 위로해 줘야 한다는 말처럼, 내 신변에 위기가 닥치자 새롭게 다가온 분들이 보여 준 인간애는 존경스러웠고 성숙했고 배려심이 돋보였다.

물론 나에게 일이 생겼다고 해서 모두가 배려해 주고 챙겨 주고 잘 대해 줘야 하는 건 결코 아니다.

그러나 그동안의 관계에서 생각할 수 없었던 무심한 공기는, 나를 조금은 뜨끔하게 만드는 충격이었다.

인생은 기브 앤 테이크.

살아가는 동안 다른 사람한테 기대면서, 기대하면서 내가 행복해지고 나아지길 바라지 않는다. 결코 바라는 삶이 아니다.

주면 줬지 받지는 않는 자세, 받으면 그만큼 더 돌려주는 태도, 내게 주는 마음의 고마움을 간직하면서 내 삶의 자양분을 배양해 가는 노력. 어울렁 더울렁 살아가다 보면 삶이란 참 좋은 거구나, 살아갈 만한 것이구나 느끼면서 살아가면 좋겠다.

포근한 꿈을 꾸다가 매서운 소리에 잠이 깬 것 같다.

작가 마리안 파워가 쓴 《딱 1년만, 나만 생각할게요》를 보면, '삶을 새로운 방식으로 살아가는 법을 깨닫기 위해서는 인생의 바닥을 경험해야 한다'고 했다.

지금까지의 내 삶이 바닥이었다고는 생각하지 않는다. 삶의 한 과정이었을 뿐이다. 가파르고 힘든 길이기도 했지만, 따뜻하고 행복하고 소중한 시간이었다.

그리고 이제, 지금까지의 내 삶을 새로운 방식으로 살아나가는 법을 배우고 있다.

지금의 한 단계 한 단계를 충실히 밟아나가며 삶에 주어지는 모험과 한계, 목표, 성공, 실패, 실수까지도 다 껴안을 마음의 준비를 한다.

누구나 멋진 미래를 꿈꾸지만, 그 길을 가기 위해서는 무수히 많은 실행과 노력, 압박감을 견뎌야 할 것이다.

그럴 때마다 생각한다, 생각이 몰아칠 때는 나에게 집중하자고.

주변의 말과 시선, 판단보다는 나에게서 느껴지는 에너지에 집중하면 지금의 내 상태가 보이고 해야 할 일이 보일 것이다.

우리 자신은 '톱'과 같다. 최상의 상태를 유지하려면 낡아서 무딘 톱이 아니라 날카로운 톱이 되어야 한다. 톱을 갈고 닦으려면 시간을 내

휴식을 취하고 영혼과 마음을 돌봄으로써 육체적으로나 정신적으로나 건강한 상태를 유지해야 한다.

《딱 1년만, 나만 생각할게요》, 마리안 파워

건강하고 행복하게 살아가기 위해, 나는 휴식을 취하고 영혼과 마음을 돌보는 중이다. 그래서 글을 쓰고, 책을 읽고, 생각을 한다.

새로운 바다를 경험하는 중이다.

남편이 코빼기도
보이지 않네요?

나의 뇌경색의 이유로, 지인들은 남편을 꼽는다. 남편과의 결혼 생활에서 기인한 스트레스와 화가 병을 불러왔고, 나를 뇌경색으로 쓰러지게 만들었다고 한다.

스트레스 원인 제공으로 일부, 어쩌면 상당 부분 역할을 했을 수도 있으나, 내가 생각할 때 그의 실수는 나를 병원으로 급히 옮기지 않은 데 있다. 심지어 구급차를 타고 이동 중인 나를 돌려 세워 집으로 돌아오게 하기도 했었다.

결혼 생활 중 극심한 두통으로 몸을 가누지 못하고 정신을 잃은 적이 네다섯 번은 있었던 것 같다.

그때마다 너무 고통스러워서 '나를 어떻게 좀 해 달라'고 매달렸다. 남편은 자기가 뭘 어떻게 할 수 있냐며, 그냥 쉬라고 방문을 닫고는 나가 버렸다.

머리를 만져 준다거나 몸을 좀 주물러 준다거나 손을 잡아 주기만 해도 내 마음은 위로받았을 것이다.

그러나 물론, 주변 사람들이 뇌경색 환자에게 해 줄 수 있는 도움이나 응급 처치는 없다. 무조건 119를 불러 대학병원 응급실로 바로 가야 한다.

본인 자가용으로 이동하는 것도 피해야 한다. 길이 막힌다거나 변수로 응급실 도착이 늦어질 수 있기 때문이다.

그렇다고, 뇌경색 환자가 구급차를 불러 응급실로 데려가 달라고 말하기도 어렵다. 나 같은 경우는 머리가 아픈 건지 잠이 든 건지 정신을 잃은 건지도 모르게 수면 상태로 빠졌었다.

그래서 옆에 있는 사람이 응급실로 데려가야 한다는 판단을 빠르게 내려야 한다.

지나고 보니 어쩔 수 없는 일이지만, 당시 나의 뇌 속에서는 뇌혈관이 막혀 뇌세포가 죽어가고 있었고 살려 달라고 아우성을 치고 있었던 것이다.

병원에 입원하면서 5인실 병실에 있다 보니, 다른 침대에는 모두 간병인이나 가족이 자리하고 있었다.

나만 없었다. 내가 보호자를 원하지도 않았고 연락도 하지 않았다. 친정 부모님께만 알렸고 친정 엄마가 보호자 자격으로 의사와 내 상태에 대해 면담했을 뿐이다.

병원에서는 갑작스레 내 상황이 나빠질 경우를 대비해 보호자가 반드시 상황을 알고 있어야 한다고 했다.

보호자가 와야 한다고 했고, 그래서 친정 엄마가 다녀갔다. 나머지 입원 기간에는 나 혼자 병실에 있었다.

주변 어른들이 한마디씩 건넸다. 입원한 지 며칠인데 남편이 코빼기도 보이지 않느냐, '남편 그만 아끼고' 어서 오게 해라.

나는 이 말 저 말 하기 싫어서 웃으며 말했다.

'혼자 조용히 보내는 시간이 좋아요, 남편이 오면 번잡스럽기만 하다고요…. 남편이 와서 해 줄 일도 없고요. 가족들은 집에서 편안히 지내고, 나는 병실에서 편안히 지내는 게 합리적이고 편해요.'

나의 의식은, 스스로 결정할 수 있을 만큼 빠른 속도로 괜찮아지고 있었다. 남편이 와 보지 않는다고 해서, 섭섭하거나 외롭거나 내 처지가 나쁘게 느껴졌다거나 하지 않았다.

같이 살면서도 함께 가 본 적 없는 병원에, 새삼스레 따로 살면서 드나들 정도로 편하진 않은 사이.

환자의 안정과 건강을 위해 보지 않는 게 나은 사이.

지금의 우리 사이.

죽고 싶지 않아요,
살고 싶어요

"놔라. 이것들아! 내가 죽겠다는데 니들이 난리야!"

응급실이 쩌렁쩌렁 울리는 목소리를 들으며 나는 가만히 누워 있었다. 맞은편 침대에 119로 실려온 어느 아주머니는, 술을 많이 마시고 약을 털어 넣어 급히 응급실로 실려왔다고 한다.

"엄마, 제발 수액 좀 맞아 봐요. 엄마가 119 부르라면서요, 그래서 여기 왔잖아!"

딸은 울음을 참으며 엄마를 설득시키려다가 힘에 부치자 오열하고 말았다. 간호사에게 욕을 하고, 폭력을 쓰고, 술에 취해 몸을 가누지도 못하면서 막무가내로 나가려는 엄마를 딸의 가녀린 몸으로는 막을 수 없어 보였다.

간호사들이 여러 명 돌아가며 설득하고 당부하고 말려도 소용없었다. 그 소란스러움은 밤부터 새벽까지 계속되었다.

나는 머리가 어질어질해서 누워 있는 채로 상황을 파악하려고 애썼다. 아주머니가 난동을 부리면서 휘청휘청하는 게 금방 내 쪽으로 넘어올 것 같아서, 나는 좁은 침대 위에서 긴장한 채 누워 있었다.

응급실 침대가 너무 좁아서, 몸을 곧바로 펴고 누우면 쉽게 돌아 눕기도 힘든 1평짜리 관 같은 느낌이어서.

그 좁은 침대가 관이 될지 아닐지 결정되기도 하는 곳이 응급실이 아닌가 싶다. 특히 내가 있었던 대학병원 응급실은, 응급 환자도 많이 왔고 내일이라도 어찌 될지 알 수 없을 정도로 힘들어 보이는 환자도 여러 명 있었다.

생과 사가 한 끗 차이로 보이는 곳이 응급실이지만, 어쩌면 삶에 대한 소망으로 가득한 곳이 아닌지.

아주머니는 밤부터 새벽까지 진정하지 못하고 조금만 정신을 차리면 나가겠다고 소란을 피웠다. 그런데 정말 죽고 싶다면, 왜 119를 부르라고 했을까. 왜 응급실에 누워 친구를 부르라고 했을까.

주삿바늘을 뽑아 버리려고 애를 쓰면서도 계속해서 옆에 누군가 있기를 바라는 아주머니의 모습을 보니, 죽겠다는 말이 살고 싶다는 말로 들리고, 놓으라는 말이 놓지 말라는 말로 들리고, 무슨 상관이냐는 말이 나를 봐 달라는 말로 들렸다.

술을 마시는 할머니를 안다. 우리 할머니도 술을 많이 드셨다. 술을 드시고 웃었다가 울었다가 하는 할머니가 정말 창피했다.

택시 기사한테 실려 오는 걸 보는 게 정말 싫었다. 집은 어떻게 잘 알고 찾아와서는 엄마 아빠를 힘들게 하는지 이해가 되지 않았다.

나중에 치매에 걸린 할머니가 나에게 한 말….

"전화는 할 수 있잖아…. 멀리 살아도 전화는 할 수 있잖아…."

그 말이 뇌리에 남아, 나는 할머니를 보면 죄인 같은 마음이 든다.

너무 홀로 있게 해 드려서, 너무 오랜 시간을 모른 체해서, 죄송하다는 말씀을 드리지 못한 게 죄송하다.

응급실에서 소리 지르는 엄마를 보며 오열하던 딸의 목소리를 들으면서 생각했다.

'응급실에서 소란 피우는 엄마가 창피하고, 힘들고, 이해 안 되고, 슬프고, 감당하기 어려울 거예요. 그런데 엄마는 힘든 마음을 표현하고 계신 상황이니 들어 드리세요…. 하고 싶은 말 하시게 해요….'

나는 마음으로 말했다.

'엄마는 지금 살고 싶은 거예요….'

그런 마음으로 회복되어서 좋은 날이 왔으면 좋겠다고, 내가 가진 마음을 나눠 주고 싶었다. 응급실에 함께 누워 있던 그 순간, 우리의 상황과 고통과 아픔은 다 달랐다.

하지만 똑같은 게 있었으니, 우리는 살고 싶은 거예요, 살고 싶은 거예요, 살고 싶은 거예요….

나는 조금 힘들고
많이 행복하다

언젠가부터 오른쪽 팔과 다리가 몹시 저리고 평소에 쉽게 하던 동작들도 어렵게 느껴지자, 덜컥 겁이 났다. 이러다 말겠지 하고 지냈지만, 매일 실시간 지속되는 느낌은 사라지지 않았다.

정기진료가 예정되어 있어 병원에 갔다. 의사에게 상태를 말했더니, 뇌경색이 재발했거나 부위가 넓어지지 않았는지 확인하기 위해 간단한 검사를 한다고 했다.

다행히도 이상은 없었다. 하지만, 현상은 남아 있고 불편하고 아픈 느낌은 지속되었다. 의사는 뇌경색 후유증이라고 말했다.

후유증, 남는 건지 고쳐지는 건지 의사도 신이 아니건대 쉽게 대답해 줄 수 없듯, 나도 나에게 묻는 질문들에 쉽게 답해 줄 수가 없다.

다행히 컴퓨터가 있어서 글을 쓸 수 있다. 나에게는 천운이다. 예전처럼 연필을 끄적거려 글을 써야 한다면, 언제까지 글을 쓸 수 있을까 생각하면서 깊은 우울과 고통 속으로 침잠했을지도 모르겠다.

키보드로 글을 쓰는 행위는, 음악가가 피아노를 연주하는 것과 같은 행복을 느끼게 해 준다. 자판의 울림 소리를 듣고 있으면, 마음이 편안해지고 누군가 나를 위로해 주는 듯하다.

키보드를 누를 때의 납작한 느낌은, 어릴 적 납작한 돌멩이를 발로 차며 친구들과 놀 때처럼 천진스럽다.

글을 통해 나를 표현하는 건 디자이너가 옷을 짓는 일과 같다.

글로 마음을 끄집어 내는 건 성악가의 발성과 같고, 밥 짓는 정성과 같다.

"나는 조금 힘들고 많이 행복하다⋯."

10여 년 전 어느 날 아침, 콩나물시루같이 느껴지던 출근길 버스에서 라디오를 통해 흘려들었던 말이다. 그때도 아파서 버스 창문에 기대 앉아 있었는데, 그 말을 들으니 행복해졌던 기억이 난다.

20여 년 전 일기장부터 차근차근 훑어보면서 발견한 사실이 있다. 꽤 오래 전부터 머리가 아프다는 말이 자주 나왔던 것이다.

흔한 스트레스나 피로, 원인을 알 수 없는 두통쯤으로 여겼던 것이, 언젠가부터는 고통의 흔적이 되었다.

뇌졸중은 '뇌'가 '졸'지에 '중'지되는 현상이어서, '뇌졸중'이라고 한다. 졸지에 닥친 일에 허둥대고 위급해지지 않도록, 늘 마음과 건강을 주시해야 한다. 내가 나를 바라보는 제2의 시선이 필요하다.

또 다른 나. 내가 나를 바라보는 전지적 작가 시점으로 올바르게 선택하고 살아갈 수 있기를.

뇌졸중을 가진 사람들이 가야 할 안전한 길이다.

나의 진단서에는 '원인 상세 불명의 뇌경색증'이라고 적혀 있다. 원인을 알 수 없다지만, 짧다면 짧고 길다면 긴 인생사를 생각해 보건대 머리 아프지 않은 순간이 있었을까 싶다.

원인 불명의 증상이라고는 하나, 순간순간 '원인'이 될 수 있는 현상 속에 놓이지 않도록 나를 잘 돌보며 살아가야 하는 것이 뇌경색 환자의 운명이다.

뇌경색은 재발과 후유증을 조심해야 한다. 혹시나 재발하면 신속하게 병원에 가야 한다. 다른 대안은 없다. 바로 큰 병원 응급실 행이다.

내 삶 속에 '응급실'이 이렇게 친숙하고 또 의지가 되는 순간이 있었던가. 생각해 보건대, 우리 모두에게는 '응급실'이 필요하다.

홀로 앉아 고통 속에서 견디며, 홀로 다독이고 씹어 삼켜 넘기는 숱한 불안과 아픔의 나날 속에서, 자신만의 '응급실'로 피할 수 있기를.

치유받고 건강한 힘을 얻어, 다시 삶의 현장으로 힘차게 나아갈 수 있기를.

뇌경색은
전염되지 않습니다

얼마 전 홈쇼핑에서 마스크 40만 장이 6분 만에 매진되었다는 소식을 들었다.

코로나19로 마스크가 동이 나 구할 수도 없었거니와, 값은 3배 이상 올랐었다. 사람들이 많이 모이는 식당이나 극장, 백화점은 말할 것도 없고 병원도 들어가기 힘들게 되었다.

나부터도 한 달에 한 번은 아이들과 극장에 가서 영화를 보게 해 주고 싶다는 생각을 하고 있는데, 지난 1월부터 극장에 가지 않고 있다. 여행도, 극장도, 아이들이 좋아하는 외식도 당분간 금지할 전망이다.

평소에도 건강을 많이 걱정하는 지인이 있다.

예전에는, 아니 최근까지도 만나 밥을 먹으면 같은 뚝배기에 숟가락을 집어 넣고 밥도 같이 먹고 국물도 떠먹고 샤브샤브 냄비에 젓가락을 넣어 음식을 건져 먹었다.

그런데 내가 뇌경색이란 말을 듣고는, 나와 만나는 걸 피하고 우연히 마주치더라도 전염병 환자 보듯 서둘러 자리를 피하는 게 아닌가.

얼마 전에는 할 수 없이 마주 보고 앉아 식사하게 되었는데, 내가 손 댄 반찬에는 손도 대지 않는 걸 보았다.

코로나19보다 뇌경색 바이러스를 더 무서워하는 것이었다.

나만 그렇게 느낀 게 아니라, 지인들도 느꼈다. 평소에도 건강에 대해 안절부절못하는 성격이니, 내가 아닌 누구였어도 그랬을 거라며 너무 섭섭하게 생각하지 말라고 했다.

섭섭할 것도 없다. 만나지 않으면 되지 괜히 나가서 돈 쓰고 시간 쓰고 힘 쓸 필요가 있을까. 앉아서 대단한 '만한 전석(열 가지 이상의 요리를 사흘에 걸쳐 먹는 청나라 황실 음식)'도 아닌 음식을 먹느라 애 먹을 것까지는 없으니 말이다.

뇌경색은 전염되지 않는다.

코로나19 걱정에, 누군가 마스크를 쓴 채로 기침 한 번만 해도 주변 사람 5명이 물러서는 걸 보았다. 기침의 위력인가, 재난의 공포인가.

최근에 아이들에게 재난 영화들을 몰아서 보여 주었다. 아이들이 스릴 있는 영화를 좋아한다.

영화 〈해운대〉, 〈감기〉, 〈터널〉 콤보에 〈백두산〉까지 이틀에 걸쳐 다 봤다. 생명이 오가는 절체부심의 상황에서 사람은 단순해지고 명확해진다.

죽느냐 사느냐 그것이 문제로다.

내가 살고자 누가 죽어야 한다면 누구를 죽일지부터 생각하는 사람이 있고, 누군가 죽어야 한다면 내가 죽는 걸 택하는 의인도 있다.

예전에 봤던, 제목이 생각나지 않는 외국의 재난 영화였는데 실화를 모티브로 한 영화가 있다.

어느 휴양지에서 재난을 만나 가족이 흩어지고 아수라장이 된다. 많은 사람이 죽어 나가고 도시는 물에 잠긴다. 살아남았어도 생명이 위험한 사람이 많아, 병원은 가득 차고 누가 덜 중요하고 더 중요한지 가늠하기 힘들 정도로 고통받고 두려움에 빠진 상황이다.

거기서, 나는 어느 엄마와 아들을 보았다.

엄마가 죽을 수도 있는 위험한 상황에서, 아들은 그저 엄마 옆에서 엄마가 살아나기만 기도할 수밖에 없다.

엄마도 언제 죽을지 모르는 상황에서, 아들과 조금이라도 더 함께 있길 원할 뿐이다.

그런데 엄마는 달랐다, 엄마는 아들에게 말한다.

"엄마 옆에서 걱정만 하고 있지 말고, 네가 할 수 있는 일을 해."

무엇을 할 수 있냐는 아들에게 엄마는 말한다.

"흩어져 있는 가족들을 도와줘. 부모를 찾는 아이를 부모에게 찾아줘. 아이를 잃은 부모가 아이를 찾을 수 있도록 도와줘."

엄마는 끝끝내 엄마 옆에 있겠다는 아들을 가게 했고, 아들은 그때부터 병원 전체를 뛰어다니며 노트에 메모를 한다.

부모를 잃고 울고 있는 아이의 이름, 아이를 찾아 헤매는 부모의 이름과 위치…. 수첩에 이름이 채워질수록 아이의 얼굴도 눈에 띄게 밝아지고, 보람도 느낀다.

아들을 통해 병원에 흩어져 있던 많은 가족이 상봉하고, 아들은 엄마가 준 미션을 마치고 온 힘을 다해 엄마에게 달려간다.

엄마가 누워 있던 침대의 커튼을 열어 젖혔지만, 엄마는 침대에 없었다. 영화 속 아이도, 영화 밖 나도 엄마가 죽은 줄 알았다.

다행히 엄마는 상태가 조금 호전되어 다른 장소로 옮겨진 것이었다. 영화는 해피엔딩으로 끝난다.

아이를 키우며 살아가는 내내 그 영화가 생각난다. 재난 상황에서 나는 아이들에게 그렇게 할 수 있을까. 가서 너의 일을 하라고. 아마도 못 할 것 같다. 자신이 없다.

엄마는 위대하고 또 아무리 용감하다 해도, 세상에 엄마보다 겁이 많고 두려움 많은 존재가 있을까.

아이를 잃을까 봐, 내가 아이보다 먼저 떠나게 될까 봐, 세상 힘든 사건들 속에 아이가 다칠까 봐….

내가 힘들어지는 것보다 아이가 고통받을 것을 더 두려워하는 존재가 엄마이지 않을까.

그럼에도 불구하고, 재난에서 선택을 해야 한다면 아이들에게 길이되는 엄마이고자 한다. 아이의 삶에 빛이 되고 법이 되고, 기준이 되고 싶다. 사랑, 꿈, 행복이 되는 엄마이고 싶다.

코로나19든 뇌경색이든, 결국 사람이 살아가면서 만날 수도 있고 만나지 않게 될 수도 있다. 확률적인 일이다, 누구에게 어떤 일이 일어날지 알 수 없다.

살아가면서 나를 포함해 다른 사람도 살릴 수 있고 도움이 될 수 있다면, 그만큼 보람되고 의미 있는 일도 없을 것이다.

배려는 교육의 수준이나 경제력에 있지 않다. 마음에서 우러나 어떠한 순간이 되면, 가장 큰 위력을 발휘하기도 한다.

재난 상황에서 배려는 서로를 살리는 대안이 될 것이다.

마스크를 남들보다 더 많이 쟁여 놓고 먼저 살아남기 위해 누군가의 기회를 뺏기보다는, 함께 살아갈 수 있게 배려하고 먼저 살피는 자세가 필요한 시대라고 생각한다.

느리고 더디더라도
내 삶에 맞는 속도로

살아가면서 잊히는 일들이 있고, 잊으려고 해도 잊히지 않는 일들이 있다. 기억하고 싶어도 가물가물해지는 이야기들이 있고, 잊은 줄 알았는데 선명하게 떠오르는 기억도 있다.

한 해를 보내고 새로운 해를 맞으며, 나쁜 일들은 잊고 기억하고 싶은 일들을 기억하는 걸 목표로 했다. 그런데 새록새록 솟아나는 잡초 같은 질긴 생각들이 꼬리에 꼬리를 물고 일어나, '아! 아직 잊히지 않았구나' 싶은 일들이 떠오른다. 그럴 땐 생각한다, '내가 할 일이 없어서 그런가 보다'.

급성 뇌경색으로 퇴원한 이후 한 달간은, 계속해서 어지러움을 느끼고 30분 일을 하면 2시간은 쉬어야 하고, 1시간 일을 하면 4시간을 쉬어야 했다.

분 단위로 생활하다가 그렇게 있으려니, 게을러진 것인지 꾀병이 난 것인지, 편해지고 있는 건지, 요양과 휴식 중인지 헷갈렸다.

나이 많은 아빠가 방 청소를 하고 있어도 일어나 거들 수 없었다. 내가 가만히 있는 게 부모님 마음을 편안하게 하는 거라고 위로도 해 보면서, 그렇게 지냈다.

살아가면서 까맣게 잊어 버리면 좋은 것들이 있는데, 하필 그런 기억은 선명해지기 마련이다.

나에게 잘못한 사람에 대한 기억은 잊어 버리고 싶다. 얼른 잊어 버리고는, 섭섭하고 실망했던 마음을 받아들이면서 보내 주고 싶다. 좋은 인연을 맺어 가는 사람들에게 넓은 품을 내어 주고 싶다.

우리는 과거를 기억하기보다 과거를 잊으며 살아가기에, 세상을 살아갈 즐거움과 용기를 낼 수 있는 건 아닐까 생각해 본다.

나에게 사랑과 인정을 베풀어 준 이들을 축복하고, 내가 할 수 있는 일들로 보답할 수 있으면 좋겠다.

뇌졸중을 검색하면 연관 검색어로 치매, 건망증, 중풍이란 무시무시한 단어가 따라온다. 그럴수록 건강하게 오래오래 제대로 말하고 생각하고, 책을 읽고, 작가로서 글을 쓰면서 내 힘으로 살아갈 수 있으면 좋겠다는 간절한 꿈을 꾸게 된다.

옛말에 나이가 들어가면서 기억력이 줄어들고 건망증이 생기며 깜박깜박 잊는 일들이 많아진다고 한다. 어쩌면 고단하고 힘든 삶의 여정을 살아갈 수 있게 하는 신의 배려가 아닐까.

운전면허 교재에 '예측 출발'이라는 말이 있다. 신호 대기 중에 초록불이 켜질 것을 예상해 운전자가 성급히 출발하는데, 그때 사고 위험이 가장 크다고 한다.

삶에서도 '예측 출발'하고 싶은 그 순간에 조금 느리더라도 여유 있게, 더디더라도 내 삶의 속도로 천천히 가 보면 어떨까.

나의 뇌 용량에 차고 넘치지 않게, 부족하고 모자라지 않게, 알맞게 잊고 알맞게 채우면서 소중한 인연들을 잘 지켜 갈 수 있는 시간이 되면 좋겠다. 그런 의미에서, 유머는 고통을 덜어 주고 웃음 짓게 하며 행복하게 한다고 한다.

유머 하면 떠오르는 영화가 있다. 〈인생은 아름다워〉.

영화에서 보이는 아버지는, 사랑에서 진정한 유머가 우러나온다는 걸 느끼게 했다. 유머는 위태로운 순간에 용기를 주고 지혜를 주는 에너지가 있다.

죽음의 장소로 끌려가는 와중에도, 멀찍이서 아들이 보고 있다는 걸 알았던 아버지는 끝까지 아들을 지키기 위해 장난치듯 우스꽝스러운 모습을 유지한다. 아들 조슈아는 구멍을 통해 아버지의 모습을 보면서 재미있어 한다.

아버지가 시야에서 사라진 뒤 곧이어 총소리가 울려 퍼지지만, 아들은 어떤 일이 벌어졌는지 알지 못한 채 공포와 슬픔으로부터 지켜졌다. 아버지의 유머가 아들을 살린 것이다.

자살을 바로 읽으면 죽음을 뜻하지만 거꾸로 읽으면 '살자'가 된다는 말도, 언어유희로만 끝나는 것은 아니다. 삶과 죽음을 바꿀 수 있는 힘이 '유머'에 있음을 생각한다.

아이들이 보는 나도 〈인생은 아름다워〉의 아버지처럼 웃음 띤 얼굴이기를, 용기를 주고 행복을 주는 표정이기를 바란다. 나의 유머가 아이들을 살리는 힘을 더해 가기를 기도한다.

유머는 단순한 농담이나 즐거움만 뜻하지 않습니다. 어떤 상황에서건 유머를 잃지 않는다는 것은, 실패를 두려워하지 않는다는 뜻과 같습니다. 일상생활의 소소한 에피소드, 유명인의 재미있는 일화 등을 수집해서 말을 할 때 활용하도록 함께 연습해 주세요.

《틀 밖에서 놀게 하라》, 김경희

오직 지혜롭고
밝기만 하고 싶은 욕심

프랑스 철학자 루소는 이런 말을 했다.

"십 대에는 과자에 움직이고, 이십 대에는 애인에 움직이고, 삼십 대에는 쾌락에 움직이고, 사십 대에는 야심에 움직이고, 오십 대에는 탐욕에 움직인다. 인간은 언제 지혜롭고 밝은 마음만을 추구하게 될 것인가?"

이 글이야말로, 철학자들이 한 말 중에서 가장 이해하기 쉽고 가깝게 여겨지지 않을까 싶다.

나의 경우 십 대에는 글쓰기에 움직이고, 이십 대에는 일에 움직이고, 삼십 대에는 육아에 움직였다는 생각이 많이 든다.

사십 대인 지금은 무엇에 움직이고 있나 생각해 본다. 여전히 글쓰기, 책 읽기, 일, 육아가 중요한 업이긴 하다.

중요한 독립 시기이고, 힘을 갖춰 가야 하는 시기이며, 많은 일을 해내면서 꿈을 이루어가야 하는 시기이기도 하기에. 루소가 말한 '야심'이라 해도 맞을 것 같다.

중요한 건 오십 대에도 육십 대에도 칠십 대에도, 죽을 때까지 탐욕에는 움직이고 싶지 않다는 거다.

오직 지혜롭고 밝은 마음만을 추구하면서 살아가고 싶은 게, 남은 삶에 대한 나의 욕심이다.

수많은 철학자가 삶에 대해 그리고 인간과 인생에 대해 많은 말을 남기고 생각한 것을 보면, 그때나 지금에나 '삶'은 우리 모두를 관통하는 중요한 문제임이 분명하다.

어떻게 살아야 할 것인가를 생각하고 결정하는 게 너무나 필요하다는 걸 절감한다. 그래서 늘 책을 읽으면서 나와 인생의 답을 찾아가려는 노력이 '삶'에 대한 최소한의 안전장치로 여겨진다.

인생은 나이에 따라서, 관심과 목표에 따라서 살아가는 관점과 태도가 달라진다고 말할 수 있겠다.

누군가에게는 정의가 중요하고, 누군가에게는 생명이 중요하며, 누군가에게는 인기와 명예가 중요할 것이고, 누군가에게는 보람이 중요할 것이다.

그 모든 것이 우리 삶을 이루는 중요한 명제이기도 하지만, 나는 조금 더 절박하게 생각하며 살고 있다.

아이들과 살아가야 하고 또 키워 내야 하지만, 동시에 나의 꿈을 이루어 가야 한다. 부모님과 아이들에 대한 책임감이 나를 단련시킨다.

정말 쉽지 않은 과정이지만, 이렇게라도 해 나갈 수 있는 건 어디까지나 독자분들이 보내 주는 성원 덕분이라는 걸 알기에 감사할 따름이다.

언제쯤 루소가 말한 '지혜'가 나의 내면에 여물어 가게 될까, 강력한 힘을 발휘하게 될까. 루소는 이렇게도 말했다.

"인생의 나무에 진정한 지혜의 열매가 열리는 것은 소년 시절이나 청년 시절이 아니다. 인생의 파토스 열정의 불길이 다 가라앉는 노년 시절이다."

슈바이처는 아프리카 흑인들의 생명을 위해 살았고, 나폴레옹은 전쟁에 열정을 바쳤으며, 피얼스 박사는 가난한 고아들의 아버지로서

200

이웃 사랑으로 인생을 살았다.

누군가의 열정인 파토스가 어떻게 인생에 꽃 피워지냐에 따라 선한 발자취로, 누군가에게 감동과 열정을 주는 희망의 발자취로 남는다는 것이다.

《빅 퀘스천》에서 저자는 '인생의 가장 큰 미스터리는 자기 자신'이라는 말을 했다.

"우리는 자신을 잘 알고 있다고 생각하지만 절대로 자기 자신을 진정으로 알지 못한다."

다른 사람에 대해서도 결코 알 수 없다는 말도 되지 않을까?

"자, 어서 기운을 내. 그저 나쁜 일기예보라고 생각해. 조만간 날씨는 다시 맑아질 거야."

나는 옴짝달싹 못할 덫에 갇힌 느낌이었다. '내일은 내일의 태양이 뜰 거야' 같은 말로 씻어 버릴 수 있는 우울이 아니었다.

의식주와 아픔은 별개의 문제다. 가뜩이나 절망에 빠져 있는 사람에게, '지금 아프리카에는 기아로 죽어 가는 사람이 수두룩한데 우울

따위 사치한 감정은 던져 버려!'라고 말할 권리는 누구에게도 없다.

지인이 내게 말했다,

"죽은 것도 아닌데 문제 될 것 없잖아?"

듣기에 따라서는 힘내라고 또 긍정적으로 생각하라는 의도라고 볼 수도 있지만, 경우에 합당한 '말'은 하는 사람을 위한 게 아니라 듣는 사람을 위한 것이 되어야 한다고 생각한다.

《성경》에 '경우에 합당한 말이 얼마나 아름다운가' 하는 표현이 있다. 정말 죽을 것 같은 고통을 느끼는 사람에게, 죽은 것도 아닌데 아무 문제 될 것 없다는 말은 전혀 위로가 되지 않을 수도 있는 것이리라. 상황과 말의 뉘앙스와 표정은, 상대가 느끼기에 절망이 될 수도 있고 재앙이 될 수도 있다.

신경 쓰이게 하고 마음을 어지럽히는 말들이, 우리를 얼마나 기운 빠지게 하고 상처받게 하는지 모른다. 나 또한 그런 말을 했을 수도 있을 것이다.

이런저런 일들을 겪으면서 누군가를 위로하고 힘을 주고 세상에 이바지할 수 있는 길은, 나의 인생을 착실하게 살아가는 것이라고 나를 돌아본다.

인생은 뜻하는 데로만 되지는 않을지라도, 뜻하는 것 중에 어느 만큼은 분명 이루어질 때가 오리라 믿는다.

살아가는 동안 나의 꿈이 이루어지는 것을 보면서, 내 삶에 루소가 말한 '지혜'도 함께 여물어 가길 바란다. 그럴 때 아이들에게 좋은 엄마로서 역할을 다 했다 할 수 있을 것 같다.

: 5부

인생에서 일어나는
마법 같은 일

내 삶을 촉촉이 적시는
감사의 힘

언제부터인가 감사일기 쓰기가 유행이다. 이래도 감사, 저래도 감사, 감사하면 감사할 일이 더 많이 생긴다고 한다. 마음이 더 행복해지고 작은 것에도 감사할 줄 아는 마음이 생겨 난다.

나도 그렇다. 몸이 아프고 긍정적으로 생각하는 훈련을 하면서 밥 먹는 것도 감사, 말하는 것도 감사, 숨 쉬는 것도 감사, 볼 수 있는 것도 감사, 모든 게 감사했다.

내 전화번호를 외우는 것도 감사, 부모님이 살아계신 것도 감사, 아이들과 생활하는 것도 감사, 아침에 깨서 밤에 잠들 때까지 일거수일투족을 쓰면서 모든 게 감사할 이유가 되었다.

감사란 그런 것이다. 어떤 상황에서도 찾을 수 있는 제목이 되는 것, 어떤 문제라도 감사할 부분을 찾으면 찾아지는 것, 감사해야 더 감사하게 되고 감사를 통해 더 크게 성장할 수 있다고 믿는다.

겸손한 분들, 성공한 분들, 만나 본 분들 중에 닮고 싶은 분들은 하나같이 감사인사를 잘했다. 정중하고 예의 바르고 인격을 갖춰 대하고 묻는 말에는 지극한 정성으로 대답한다.

벼는 익을수록 고개를 숙인다는데, 성공한 분들을 보면 고개를 잘 숙였다. 인사할 때 나보다 더 고개를 숙이는 어른도 있었다.

그런데 감사를 복받는 주문쯤으로 여기는 지인을 만나고 나니, 마음이 탈탈 털리는 기분이다.

감사란, 더 많이 감사하고, 감사하는 좋은 습관을 만들기 위해 노력하는 의미에서 기록하고 말하는 것이 상식선 아닐까.

매일 감사일기를 쓰면서 내 삶에 일어난 긍정적 변화들은 이루 말할 수 없을 정도다. 여전히 작은 일에도 짜증이 나고, 조금만 불편해도 불평과 원망이 나도 모르게 툭 튀어나올 때가 있는 것은 사실이다. 하지만 이제는 그런 감정이 올라오더라도 평온을 찾고 감사의 마음을 회복하기 위해 의도적으로 노력한다. 감정에 주도권을 내 주고 이에 휘둘리기보다는 내가 주인이 되어 내 감정을 컨트롤하는 느낌이랄까.

《쓰면 이루어지는 감사일기의 힘》, 애나 김

감사를 제대로 실천하기 위한 감사, 내 감정을 주도적으로 컨트롤할 수 있게 되는 감사하기를 통해 많은 사람이 절망에서 빠져나오는 힘을 얻기도 한다.

최근 지인의 '감사하라'는 말에 갑자기 짜증이 났다.

본인은 하지 않으면서 남들에게 이래라저래라 하는 모습이 꼰대 같았다. 나이도 같이 먹어 가는 판에, 남편 있다는 이유 하나로 애를 가르치듯 인생을 들먹거리는 모습이 어이 없었다.

대화 끝에 이르러, 행복해지고 싶고 성공하고 싶으면 감사할 거리를 찾아보라고 했다. 어이가 없었다, 정말.

그래, 감사해야지, 나도 안다. 글을 쓸 수 있어서 감사할 지경이다.

보지 않고 살면 좋겠는데, 좋은 마음으로 만나 보려던 나의 오지랖에 감사. 그 덕에 너는 네가 하고 싶은 말을 했으니 네 속이라도 시원하게 해 줬다면 그걸로 감사.

예전, 교수님께 들은 이야기 하나가 있다.

예전에는 콩나물을 방 안에서 키우는 집이 많았다. 콩나물에 물을 붓고는 검은 천으로 덮어 놓으면 콩나물이 자란다는 것이다. 물만 먹고 자랄까 싶어도 희한하게 쑥쑥 자란다는 말끝에, 교수님의 말이 기억에 남아 있다.

가족들 모두 잠이 든 밤, 단칸방에서 혼자 촛불을 켜고 공부를 하면 콩나물에서 똑똑 물 떨어지는 소리가 그렇게 신경이 쓰였다고 한다. 그래서 물 떨어지는 소리가 나지 않도록 콩나물이 자라고 있는 바구니 아래를 테이프로 감싸 놓았다고 했다.

그랬더니, 어느 날엔가 콩나물이 다 썩어 있더란다. 콩나물이 제대로 자랄 리가 만무하고, 먹을 수도 팔아 버릴 수도 없는 채로 콩나물 농사를 망쳤다고 한다.

물이 똑똑 떨어지는 소리가 나지 않아 공부는 참 잘 되었다고 했으나, 콩나물 농사를 망쳐 밥벌이 방법이 없어진 어머니는 며칠 난감해했고 남의 집 밭에 나가 일했다고 한다.

한겨울에 밭 일도 없어 허드렛 일로 식구들 끼니를 때울 수 있었지만, 어머니의 거칠고 터져 버린 손등을 보면서 교수님은 뒤돌아 많이 울었단다.

어머니는 공부하는 아들의 마음을 헤아리고는 혼내지도 않았다. 그저 그런 일이 있었던 것으로 넘어갔으나, 돌아가시면서 오히려 그때 일을 사과하셨다고 한다.

"그때 형편이 어려워서 제대로 공부도 못 시키고, 콩나물 물 떨어지는 소리가 얼마나 싫었으면 테이프로 감아 놨을까. 엄마가 그게 미안해서… 미안했다…. 훌륭하게 커 줘서 감사해…."

생의 마지막 문턱에서 아들에게 건넨 어머니의 사과와 감사는, 교수님의 뇌리에 평생 떠나지 않는 그 시절 괴롭기만 했던 '물 소리'와 함께 남겨졌다.

이후 교수님은 감사할 줄 알게 되는 사람으로 바뀌었다고 한다. 진정한 감사는 사람을 물들이고 변하게 하는 마법이다.

종이에 매일 적는다고 감사해지지 않는다. 내가 생각하는 감사란, 콩나물이 자라면서 들리는 '똑똑' 물 떨어지는 소리 같은 것이다.

살아가면서 나를 성장시키고 나의 내면을 넓히고 세상에 이로운 존재로 커지는 소리, 규칙적이고 반복되는 소리, 내 마음에서 울려 나오는 소리, 나의 감사로 울림이 되는 소리, 감사의 말이 막히면 내 마음이 속에서 곪아 버릴 소리, 표현하고 말하는 게 자연스럽고 이치에 맞는 소리.

물이 콩나물을 키우지만, 교수님도 물 소리로 성장했다. 감사는 내 삶을 적시고 성장해 가는 물줄기가 되는 게 아닐까.

감사의 말을 하라는 '조언'이 듣기 싫었다기보다 무분별하게 주문처럼 외우려고 할 뿐, 노력하지 않는 모습을 보는 것이 개운하지 않다.

욕심은 테이프로 가린다고 가려지지 않는다. 감사도 막는다고 막아지지 않는다. 마음에서 우러나오는 진정한 감사는 눈으로, 입으로, 얼굴로, 손짓으로, 나의 발걸음에, 나의 웃음에, 나의 눈물에 어린다.

감사하다는 예쁜 말이, 감사하다는 적절한 말이, 감사하다는 충분한 말이 감사하다.

내 삶의 감사 제목은 내가, 네 삶의 감사는 네가 책임지는 것이 제대로 된 감사이다. 내 감사까지 그대가 이래라저래라 하지 말기를.

더 많은 감사를 하고 더 많이 감사를 나눠야겠다.

당신은 누구에게
선물 같은 사람인가요?

　살면서 누군가와 선물을 주고받은 경험은 흔할 거다. 작든, 크든, 종종 있는 일이든, 드문 일이건 간에 우리는 크고 작은 선물을 나누며 살아간다.

　나도 크고 작은 선물을 주고받으며 살아온 것 같다. 때로는 부담을 느끼며, 때로는 기꺼이 마음을 담아 선물을 건넸다.

　그런데 결혼하고 나서는, 주머니 사정과 통장 잔액에 따라 선물을 하지 못할 때가 많았다. 명절 때도 부모님께 선물하지 못했고, 은사님을 찾아뵙지 못했으며, 오랜만에 만난 친구에게 음식을 대접할 때조차 가격에 시선이 머무르곤 했다.

독립하는 과정에서 많은 이에게 신세를 지고, 빚을 지고, 마음을 받으며 나는 내가 얼마나 큰 사랑 속에 있었는지 다시금 깨달았다.

지인들한테 아이들과 함께 살아갈 공간과 필요한 살림들까지 모든 것들을 받았다. 돌려받을 걸 생각하지 않는 수많은 이들이, 나의 독립을 지지해 주고 응원해 주고 힘을 보태 주었다.

평생 잊지 못할 소중하고 값진 경험이자 은혜였고 선물이었다. 기록해 두었고, 마음에 새겨 놓았다. 살아가면서 갚아 나갈 것이다.

빚으로, 힘으로, 선물로 생각하고 있었던 가치가 무엇인지 와 닿는 글이 있어 소개한다.

인디언들은 말한다. 수면을 스치는 부드러운 바람은 대기의 선물이고, 시원한 그늘은 나무의 선물이며, 해마다 열리는 옥수수는 대지의 선물이라고. 함께 말을 타고 들판을 달리는 친구, 밥을 해 주는 할머니, 노래를 불러 주는 아이들, 이 모두가 '위대한 정령'의 선물이라고. (중략) 모든 존재가 선물이 되는 세계, 그게 어디 인디언들만 꿈꾸던 세계였을까? 나의 삶이 나를 둘러싼 타자들의 선물 속에서 이루어지고 나의 삶이 타자들에 대한 선물이 되는 세계.

〈선물에 관한 명상〉, 이진경

내 뺨을 스쳐 간 수많은 바람들, 시원한 그늘, 해마다 열리는 열매들, 대지가 전해 준 수많은 선물, 동고동락했던 친구들, 가족들, 아이들, 나를 둘러싼 모든 것이 삶에 전해 준 위대한 선물이었다.

책을 읽는 시간도, 웃음과 눈물을 나누는 시간도, 모든 게 내 삶에 주어진 선물이었다.

'당신은 내게 선물 같은 사람이에요'라고 말한 상담 선생님이 있다.

처음 경찰에 이끌려 찾아갔던 가정상담센터에서 만난 귀한 선생님. 힘들 때, 지칠 때, 눈물 흘릴 때 모든 순간에 손을 내밀어 내 이야기를 들어 주신 선생님.

나는 선생님을 통해 거듭 태어났다. 선생님을 통해 다시 바라보는 세상, 다시 느끼는 현상. 모든 것이 새롭고 다른 의미로 다가왔다.

많은 것을 주셨음에도 오히려 나를 '선물 같은 사람'이라 말하는 선생님을 보면서, 사람이 꽃보다 아름답다는 것을 느낀다.

꽉 막힌 빌딩 숲 사이로 하늘 한 뼘 보이지 않는 길 위에서도, 우리는 마음을 주고받을 수 있다.

두꺼운 벽이 가로막고 있다 할지라도, 서로가 서로에게 마음을 열고 귀 기울여 준다면 우리는 서로의 마음을 알 수 있고 서로에게 힘이 되어 줄 수 있다.

세상이 막막하고 각박하게 느껴지고, 일어날 힘조차 없는 사람에게 누군가의 손 내밈이 희망이 될 수 있음을 느꼈다.

그러라고 자연은 우리에게 끊임없이 선물을 주는 것이 아닐까.

돌고 돌아 결국은 나에게 다시 돌아오는 거대한 우주의 통장. 그곳에 나의 선물을 차곡차곡 쌓아 둔다면, 언젠가 나와 아이들에게 다시 돌아올 거다.

내가 받은 사랑만큼, 은혜만큼 돌려주려 한다. 값 없이 받았으니 값 없이 주는 것이 자연의 이치이고 삶의 이치가 아닐까.

묻고 싶다.

"당신은 누구에게 선물 같은 사람인가요?"

행복이 커튼 틈 사이로
가려지지 않기를

가수 조관우의 노래 〈늪〉의 가사를 보면, '커튼'이란 단어가 나온다.

가려진 커튼 틈 사이로 처음 그댈 보았지
순간 모든 것이 멈춘 듯했고 가슴엔 사랑이
꿈이라도 좋겠어 느낄 수만 있다면
우연처럼 그댈 마주치는 순간이 내겐 전부였지만
멈출 수가 없었어 그땐 돌아서야 하는 것도 알아
기다림에 익숙해진 내 모습 뒤엔 언제나 눈물이

나는 이 노래를 들을 때마다 왠지 모르게 '커튼'이라는 단어에 눈길이 머문다.

커튼에 대한 내 기억은 대학교 때로 거슬러 올라가는데, 아마도 그 이후 '커튼'이라는 단어가 내게 다른 의미로 다가온 것 같다.

수업 시간에 교수님이 이런 말을 했다. 나중에 결혼해서 친구가 어느 정도로 잘 사나 알고 싶으면 가서 커튼을 보라고 말이다.

큰 집에 작은 커튼이 어울리지 않고 작은 집에 큰 커튼이 어울리지 않듯, 커튼이 크다는 건 큰 창이 있다는 것이고 큰 창이 있다는 건 집이 크다는 것이다.

한 친구는 백화점에서 커튼을 고르는데 다른 친구는 시장에 가서 커튼을 고를 경우 또는 나는 작은 커튼을 고르는데 친구는 큰 커튼을 고를 경우, 여자의 경제력은 남편의 능력과 비례한다.

결혼 후 첫 신혼집은 17평 아파트였다. 17평 거실에 어울리는 커튼을 인터넷으로 골라 달았다. 첫 아이를 낳고 33평 아파트로 이사하면서, 역시 인터넷으로 골라 달았다.

17평 아파트와 33평 아파트의 거실 커튼 크기는 확실히 달랐고, 17평 커튼과 33평 커튼의 가격도 확연히 달랐다.

친구와의 비교가 아니라 나 혼자만의 경험에 따른 비교이지만, 교수님 말씀이 생각나면서 그렇게도 생각할 수 있겠다 싶었다.

지금 사는 집에는 커튼이 없다. 햇살이 커튼이고, 구름이 커튼이고, 바람이 커튼이다.

어둡게 느껴지는 과거의 기억에 머물고 싶지 않아, 환한 햇살이 들이치는 집을 골랐고 커튼도 달지 않았다. 햇살이 들이치면 잠에서 깨어 일어나고 어두워지면 잠자리에 드는 삶을 살고 싶다.

10여 년 전 함께 일했던 피디에게 커튼 이야기를 해 주었더니, 그는 집의 경제력은 에어컨에 있다는 말을 했다. 한여름 푹푹 찌는 더운 밤에 에어컨 없이 부부 관계를 할 수 있겠냐며.

에어컨 필터에서 바람 새는 것 같은 소리에 추억을 소환해 본다.

가난해서 지하 방에 사는 어느 꼬마는, 창문이 없는 벽에다가 창문 그림 그린 스케치북을 찢어 붙였다. 온 가족이 아이의 그림 덕에 창문 있는 방에 살게 되었다며 행복해했다. 그런 이야기도 회자되었던 때가 있다.

행복의 가치와 기준을 돈에 두면, 많이 가진 자가 더 행복하고 적게 가진 자는 불행할 것이다. 그러나 재산이 많이 있어도 봤고 없어도 봤다는 이들의 이야기를 들어보면, 정작 행복은 마음속에 있다고 한다.

함께하는 이들 사이에서 마음을 나누고 그 마음을 내가 베풀 수 있는 관계가 있다면, 행복하게 살아갈 수 있다고 말이다.

아이들도 행복하게 살고자 필요한 것들에 자동차, 돈, 집, 능력을 내세운다. 어른들의 생각을 아이들이 받아들이면서 자라는 것이다.

행복이 물질에 있지 않고, 살아가는 삶 가운데 무수히 많은 시간 속에서 발견할 수 있기를.

신이 공평하게 주신 시간 속에서 행복만큼은 커튼, 에어컨, 자동차, 지갑 속에서 찾지 않기를.

행복이 커튼 틈 사이로 가려지지 않기를.

인생에서 일어나는
마법 같은 일

아이들 겨울방학 동안 해리 포터 시리즈를 보여 주었다. 정주행으로 보는 해리 포터 시리즈는, 주인공들의 성장을 함께 하면서 우리 아이들의 성장을 상상해 보는 즐거움이 있다.

그중 〈해리 포터와 아즈카반의 죄수〉가 기억에 남는다.

이모부 집에 얹혀 사는 해리 포터는, 신데렐라 뺨치게 구박 덩어리로 지낸다. 와중에 이모부의 여동생까지 방문하자 더 끔찍해졌다.

해리를 쓸모없는 존재라 비아냥거리는 것도 모자라, 부모님 욕까지 듣고 서 있게 만들었기 때문이다.

이모부가 해리의 아버지는 "주정뱅이에다 백수"였다고 하자, 해리는 사실이 아니라며 발끈한다. 그러자 이모부의 여동생 마지 아줌마는 한술 더 떠 "아비보단 어미의 영향이 더 크지, 개를 봐도 암컷이 문제 있으면 새끼도 문제가 있다"라고 한다.

이에 분노를 참지 못하고 그녀를 뚱뚱보 괴물 풍선으로 만들어 하늘 높이 띄워 보내 버리는 해리, 당장 그녀를 데려오라고 위협하는 이모부에게 해리는 쏘아붙인다.

"젖값을 받은 거예요!"

거대한 풍선이 되어, 터지기 일보 직전의 모습으로 두둥실 하늘로 떠오르는 마지 아줌마의 모습을 보며, 재미있는 상상을 해낸 작가의 마음을 떠올린다. 그녀 역시 누군가를 하늘로 날려 버리고 싶던 수많은 일을 겪어 보지 않았을까.

작가의 경험은 작가의 상상력과 만나 마법 같은 이야기를 만들어 낸다. 실제로 마법 같은 일이 벌어진다면 얼마나 재미있을까.

하늘로 날려 보내 버리면 통쾌할 것 같은 상황들을 떠올려 보았다.

고등학교 때 버스에서 내 엉덩이를 움켜 쥐었던 변태 새끼 손 모가지를 비틀어 창밖 하늘로 날려 버리는 상상.

중학교 때 100미터 앞에서 하의를 탈의하고 우두커니 서 있던 이상

한 아저씨를 박물관 정문 앞 동상 위에 그대로 세워 놓는 상상.

초등학교 때 김에 들어 있던 방부제를 아이들 반찬에 집어넣고 다니며 웃고 떠들던 얄궂은 아이들을 방부제 풍선 속에 가둬 하늘로 띄워 올리는 상상.

마법은 상상 속에서 얼마든지 재생산되고, 무궁무진한 달콤한 복수를 안겨 준다.

"복수는 달콤한 거야."

그러나, 마법은 복수보다 희망에 가깝지 않을까.

누군가를 괴롭히고 짓밟고 파괴하는 마법은, 항상 성공할 수 없다는 것이 해리 포터의 교훈이다.

"어둠 속에서도 즐거움은 있는 법, 마음의 불빛을 밝힙시다."

덤블도어 교장이 마법 학기 시작 때 아이들에게 말하는 장면에서, 나도 그 자리에 앉아 있는 것만 같았다. 아니, 앉아 있고 싶었다.

어둠 속에서도 즐거움이 있고 행복을 느낄 수 있다는 건 우리의 일상에도 적용된다. 마음의 불빛을 어떻게 밝히는가는 사람마다 다르겠지만.

나도 '마음의 불빛을 밝히며 살아가자'라고 다짐해 본다. 마음의 불빛을 밝히고 보면, 내 삶의 마법 같은 일은 진즉 시작되고 있었다.

마법은 《신데렐라》, 《개구리 왕자》, 《백조의 호수》에서 일어나는 동화가 아니다. 지금도 현실 속에서 일어나고 있는 수많은 마법 같은 이야기들.

누군가에겐 합격이, 누군가에겐 임신과 출산이, 누군가에겐 완치가, 누군가에겐 출판이, 그리고 우리 모두에겐 살아있는 지금 현재가 마법 같은 일이 아닐까.

어제 죽은 이가 그토록 바랐던 내일이 바로 '오늘'이다. 나는 오늘 살아서 어제 죽은 이들의 못다 한 꿈을 이루고 삶을 이루고 내가 할 수 있는 '마법'을 행함으로, 이 세상에 좋은 이야기들이 만들어지도록 해야 할 의무가 있다고 믿는다.

일과 꿈, 삶과 희망, 현실과 마법, 웃음과 눈물 속에 담긴 수많은 이야기를 글로 쓰는 작가가 되고 싶다.

"엄마도 조앤 롤링 같은 작가가 되면 좋겠다"는 큰아이의 말에 내가 말했다.

"꿈은 클수록 좋다고 생각하지만, 엄마가 조앤 롤링이 되는 건 네가 해리 포터가 되는 것만큼 어려울 것 같아. 그래도 우리만의 글과 그림을 그리는 작가는 될 수 있겠지?"

그래도 아이는 충분히 가능하다며, 나를 대단한 작가라고 치켜세워 줬다. 나도 해리 포터만큼 용감하고 호기심 많은 아이가 어떤 마법 같은 일을 해 나갈지 기대된다고 말해 줬다.

우리가 주고받는 말들과 웃음, 위로와 격려는 마법 같은 힘을 발휘해 불가능하다고 생각했던 많은 일을 하게 했다.

지금까지 해 왔듯 앞으로도 잘해 나갈 수 있으리라 믿는다. 나의 마법을 내가 믿을 때, 나의 마법 지팡이가 놀라운 마법의 빛을 보여 줄 것이다.

진실이란 책 속에 담긴 심오한 사상처럼 잘 드러내지 않는 것이다. 그러니 여러분은 마음의 눈을 넓혀야 합니다. 저 너머로….

《해리 포터와 아즈카반의 죄수》, 조앤 K. 롤링

고난 속에서도
봄은 찾아오고 꽃은 핀다

사람을 위로하는 방법 중에서 나는 몇 가지를 알고 있을까.

얼마 전 정선희 씨가 출연한 텔레비전 방송 내용을 뒤늦게 기사로 접하면서, 위로의 방법에 대해 잠시 생각해 본 적이 있다.

남편의 죽음 후 정선희 씨는 당시 '이 또한 지나가리라'라는 말이 제일 싫었다며, 주변인에게 '신은 견딜 수 있는 무게만큼의 고통을 주신다'는 말도 하지 말라고 했다 한다.

얼마나 많은 사람에게, 그것도 알지도 못하는 사람에게 귀에 딱지가 앉도록 들었을 말일까. 실제로 그녀는 "그런 말을 들으면 너무 힘들었다"라며, 힘내라는 말도 싫더라고 했다.

어느 날 개그맨 김영철 씨를 만났는데, 그가 이영자 씨 성대모사로 '신은 감당할 수 있는 복근만 주셔' 하며 지나가는 말이 차라리 위안이 되었다고 한다.

그 후 사람들의 말이 스트레스가 되지 않았다고 하는 인터뷰에서 동감되는 부분이 있었다.

"왜! 하필 나에게 이런 일이 생겼을까."

많은 시선이 몰리고 본인의 의사와 상관없이 공인이기에 사회의 빙산 위로 올려지면서, 얼마나 무섭고 힘들었을까.

나는 그녀가 결혼을 발표하기 직전 방송국에서 오가며 몇 번인가 본 적이 있는데, 그녀가 참 예쁘다고 생각했다.

많은 프로그램에서 재능을 드러내고 있었고, 방송인으로서 잘 감당하고 있었기에 승승장구가 오래갈 거라고 생각했다.

그때가 최정점에 있었을 시기였던 것 같은데, 홀연히 결혼을 발표하고 홀연히 슬픔 속으로 가라앉았다. 안타깝고 슬픈 마음이었다. 누구나 겪을 수 있는 일은 아니지만, 그녀라고 원해서 그런 일이 일어나지는 않았을 텐데.

그저 '왜?'라는 물음 속에 스스로도 혼란스러웠을 텐데, 끔찍했을 텐데. 슬픔 속에서 허덕이고 있을 그녀에게 온 세상 사람들이 '왜?'라고 물었다.

'네 남편은 왜 죽었냐', '누가 죽게 만들었냐' 하는 질문들이 그녀 혼자 감당해야 했을 저주스러운 손가락질이었을 것이다. 아마도, 그렇지 않았을까. 짐작일 뿐, 사실 짐작조차 하지 못한다.

그때, 어느 누구의 말이 감히 위로가 될 수 있었을까. 그 어려운 일을 김영철 씨가 해낸 것이다.

위로란, 웃기든 울리든 화를 내든 어쩌든 간에 위로받는 사람이 제대로 숨을 쉴 수 있게 만드는 것이라 생각한다.

내가 생각하는 위로란, 위로받는 사람이 다시 웃고 물을 마시고 잠을 잘 수 있게 만드는 것이다.

누군가의 한마디 말과 눈빛이 적잖은 위로가 되고 삶의 동기를 다시 이끌어 낼 수 있다.

친구가 강에서 수영하다가 물 아래 땅이 파인 곳으로 자신도 모르게 들어가 죽을 뻔한 일이 있었다.

갑자기 발이 땅에 닿지 않아서 바둥거리고 있는데, 바로 옆에 있는 친구들조차도 장난치는 줄 알고 웃으면서 쳐다보았다.

그는 숨이 꼴깍꼴깍 넘어가는데 친구들은 웃으면서 바라보고 있는 형국이니, 얼마나 두려웠을까. 살고 싶었을까, 원망스러웠을까.

이제 진짜 죽겠다 싶은 순간에 삶을 포기하려는데, 평소 원수 같이 지냈던 친구 녀석이 다가와서는 손으로 뒤통수를 후려치면서 말했다고 한다.

"인마! 장난치지 마!"

앞에서 이마를 밀어 버렸다면 바로 죽었을 정도로 긴박한 상황이었는데, 반대로 뒤에서 앞으로 머리를 내려치면서 다리가 강 아래 땅을 겨우 밟게 되어 살아 나왔다고 했다.

물론, 그 친구는 원수의 신분에서 생명의 은인으로 격상되었음은 말할 것도 없다.

삶과 죽음의 경계는 한 끗 차이다. 물속에 있는 땅, 어디가 안전하고 어디가 위험한지 알 수 없다. 손을 잡아 주거나 뒤통수를 내리치는 게 죽고 사는 것과 이어진다.

한창 힘들 때 나도 생각해 보았다.

'왜 나에게 이런 일이 일어났을까.'

'왜 이렇게 되었을까?' 하는 문제는 '무엇을 잘못했을까'로 넘어갔고,

'왜'와 '무엇' 사이에서 아무것도 모르겠는 나는 '모르겠는 그 순간'도 힘들었다. 그때 누군가의 한마디가 나를 일으켰다.

그건 책이었다.

악의 현실을 맞닥뜨린 사람은 불가피하게 '왜?'라고 질문하게 됩니다. 하지만 그것은 대답을 알고 싶어서 하는 질문이 아닙니다. 예상치 못한 악의 현실 앞에서 숨이 막혀 내지르는 비명이거나 어이가 없어서 토해 내는 넋두리입니다.

《사랑하는 사람은 누구나 아프다》, 김영봉

그건 노래였다.

내 조그만 공간 속에 추억만 쌓이고 까닭 모를 눈물만이 아른거리네
작은 가슴은 모두 모두와 시를 써 봐도 모자란 당신
먼지가 되어 날아가야지 바람에 날려 당신 곁으로

<먼지가 되어>, 김광석

그저 조용히, 가만히 다가와 나에게 말을 건 당신의 말 한마디⋯. 그 순간이 나를 살렸음을 기억한다.

230

먼지와 고난의 공통점

· 조용히 쌓이다 어느 순간 눈덩이처럼 불어난다.

· 모든 사람이 알아볼 정도가 되면 숨길 수가 없다.

· 잠시라도 고통에서 벗어나려면 창문을 열어야 한다.

먼지와 고난의 차이점

· 먼지는 돈으로 해결해도, 고난은 돈으로 해결하기 힘들다.

· 먼지 속의 나보다, 고난 속의 나를 피해 가는 사람이 더 많다.

· 먼지는 매일 생기지만, 고난은 언제 생길지 알 수가 없다.

상처를 보듬는 사람이
되기 위해선

방송작가로 일했을 때다. 촬영 나간 피디에게 물어볼 게 있어서 전화를 했다. 예상과는 달리, 당일 촬영에서 문제가 발생해 있었다.

피디가 현장 통제를 못 하고 판단을 잘못 내려, 촬영 내용이 엉뚱하게 흘러가고 있었던 것이다.

무슨 일이었는지 기억이 잘 나지는 않지만, 당시 일기장에 보면 내가 '부들부들 떨릴 만큼 화를 냈다'라고 표현되어 있다.

그는 평소 단단하고 열심 있게 보여도 속은 자신 없어 하고 소심한 사람이었다. 반면 나는 평소엔 사람 좋아 보이지만 화내면 무섭게 낼 수 있다는 걸 알고 있기에, 나는 '그에게 부들부들 떨리게 화내는 게 처음이다. 그런데 화를 내고 나니 마음이 아프다. 그에게 상처를 준 것 같다. 자기 딴에는 열심히 하려고 발버둥을 쳤을 텐데….'라고 적었다.

몇 시간 후 피디에게서 전화가 왔다. 소심한 인간이 미안하니까 괜히 나에게 전화를 했고, 미안하니까 미안하다는 말을 하지 않고, 상황을 다시 설명하면서 걱정하지 말라는 제스처를 취한 것이다. 그런데 일기장의 다음 부분에서 적잖이 놀랐다.

"그런데 그 사람, 한 가지는 나를 감동시켰다. 그는 내가 상처받은 것 같다고 했다, 나는 화를 냈을 뿐이었다. 그는 화내는 내 모습에서 상처받은 마음을 읽어 낸 것이다."

촬영을 하면서 일이 틀어질 경우, 섭외와 구성에 1~2주, 길면 한두 달, 몇 달까지 공을 들인 작가는 충분히 화가 날 수 있다. 하지만, 그럴 경우 작가가 '괜히 지랄한다'고 받아들여지곤 했다.

방송 일에서는 그럴 경우가 다반사이고, 그럴 땐 같이 화를 내거나, 현장의 어려움과 돌발 상황에 대해 같이 논쟁하거나, 어차피 벌어진 일을 수습하면서 일을 해결해 나가곤 한다.

화가 나기 전에, 설명할 수 없는 부분에서 상처를 받는다는 걸 아는 피디는 많지 않다. 작가도 마찬가지겠지만 말이다. 피디와 작가를 흔히 남편과 아내에 비유하기도 한다.

아내가 화를 낼 때, 설명할 수 없는 부분에서(혹은 일일이 설명하기 싫은 부분에서) 상처를 받는다는 걸 아는 남편은 얼마나 될까.

반대로, 남편이 화를 낼 때 설명할 수 없는 부분에서(혹은 말하기 싫은 부분에서) 상처를 받는다는 걸 아는 아내는 얼마나 될까.

나도 결혼 생활 중에 남편에게서 많은 상처를 받았지만 일일이 말하지 않았다. 남편도 나에게서 많은 상처를 받았을 것이다. 내 딴에는 방어와 공격의 무기로 무수히 많은 말의 폭격을 던졌을 것이고, 그런 경우 말과 글이 힘겨웠던 남편은 숨어 버렸을 수도 있겠다.

세월이 지나 생각해 보니, 당시 피디와 나 사이에 무슨 일이 있었고 왜 서로가 상처를 주었다고 생각했는지도 기억나지 않는다.

남편과도 마찬가지이다. 무슨 일이 있었고 어떤 상처를 얼마나 받았는지 기억하지 못하는 일도 많다.

그러나 다른 점은, 남편으로부터 받은 상처는 여전히 '여기'에 남아 있다는 것이다. 내 마음에, 심장이 뛰는 곳에….

한창 바쁘게 일할 때 할머니께서 돌아가셨다. 방송하느라 상중에도 자리를 비우지 못하고 일하는 선배들을 보면서, 나는 어정쩡한 입장에서 바로 말을 하지 못하고 힘든 마음으로 앉아 있었다.

그때도 그에게 당일 촬영에 대한 말을 하고 있었는데, 그는 내 말을 듣는 둥 마는 둥 하더니 나에게 말했다.

"촬영은 알겠고, 말해 봐요, 무슨 일인지."
"네? 무슨 일이요?"
"작가님한테 무슨 일 생긴 것 같으니까, 무슨 일인지 얘기해 보라고요. 다 도와줄 수 있어요."

나는 그 말에 눈물이 터져 버렸고 할머니께서 돌아가셨다고 털어놨다. 곧 내가 맡은 방송은 다른 작가에게 급하게 넘겨졌고, 나는 무사히 할머니 장례식에 다녀올 수 있었다. 생각해 보니, 그는 그런 사람이었다.

작가의 상처를 읽어 냈던, 아니 상처가 느껴졌다던 그는 아내의 마음을 조금은 세심하게 돌아보고 느낄 줄 아는 남편으로 살아가고 있다고 기대하고 싶다.

우리는 살아가면서 상처를 받고 또 준다. 말과 행동으로, 눈빛으로, 글로 상처를 줄 수 있다.

오해였던 원치 않은 상황이었건 그가 보여 준 민감함 덕분에, 바로바로 사과하고 표현할 수 있는 사람이 되어야겠다는 생각을 해 본다.

사과를 민감하게 할 수 있는 사람은 배려도, 예의도, 언행도, 삶도 남다를 수 있다.

어쩌면, 내내 미안했어야 할 사람은 내가 아니었을까 하는 생각도 해 본다. 사과의 힘은 그런 것이다.

이제 비로소 고생 시작,
행복을 향하여

인생은 미완성 쓰다가 마는 편지

그래도 우리는 곱게 써 가야 해

사랑은 미완성 부르다 멎는 노래

그래도 우리는 아름답게 불러야 해

사람아 사람아 우린 모두 타향인 걸

외로운 가슴끼리 사슴처럼 기대고 살자

인생은 미완성 그리다 마는 그림

그래도 우리는 아름답게 그려야 해

〈인생은 미완성〉이라는 노래 가사의 일부이다. 나는 중학교 때부터 이 노래가 참 좋게 들렸다. 애 어른처럼.

할머니, 할아버지와 한 집에 살 때인데, 월요일 밤마다 울려 퍼지는 〈가요무대〉의 애청자였던 두 분 덕택에 나는 몇 년에 걸쳐 트로트 가요를 들었다. 하여, 우리나라 트로트 가사의 거의 전부를 외웠나.

지금은 가물가물하지만, 중고등학교 시절이 나의 트로트 전성기였다. 노래를 잘해서가 아니라, 웬만한 트로트 가사를 시처럼 옮겨 적을 수 있어서였다.

나는 트로트로 인생을 배웠다. 그중에서도 〈인생은 미완성〉이라는 노래가 그렇게나 좋았던 것이다. '편지, 사랑, 아름다움, 사슴, 그림' 같은 단어가 나와서일까.

'쓴다, 곱다, 부른다, 멎는다, 아름답다, 부른다, 기댄다, 산다' 같은 시적 언어들이 이어지며, 인생에 대해 어찌 이토록 곱고 잔잔하고 아름답게 노랫말을 만들 수 있을까, 아름답다고 생각했다.

인생은 가도 가도 미완성이고 끝이 보이지 않는 여행길이다. 그래서 인생을 여행에 비유하기도 한다.

모름지기 여행은 혼자 가든 여럿이 가든, 편안하고 사랑하는 사람과 가야 즐겁고 의미 있는 법인데, 내 여행 길은 고달프고 막막하고 헛헛하다. 그래서 여행을 때려치우고 칩거 중이다. 게다가 뇌경색으로 나이롱 환자 노릇을 하고 있다.

말은 이렇게 해도, 요즘 나는 오른팔이 몹시 저리는 현상을 후유증으로 안고 있다. 어른들이 팔이 저리다고 할 때처럼 저렸다가 괜찮아졌다가 하는 정도가 아니라, 1초도 멈춤 없이 저리고 아프다.

밥 숟가락 들고 내 입에 내가 밥 집어넣는 것도 감사하다고 느낀다.

계란말이를 하려고 프라이팬을 옮기는데, 곧바로 프라이팬을 내려놓아야 할 정도로 아프다.

아이들이 계란 프라이를 예쁘게 해서 밥에 비벼 달라고 하니 고추장 넣고 야채 넣고 힘차게 비벼 줘야 하는데, 그 손놀림이 아파서 숟가락을 내려 놓아야 한다.

숟가락을 입에 집어넣은 채 밥이 비벼지길 기다리며 눈이 반짝반짝한 세 아이의 눈동자를 보면서, 다시 힘을 내어 힘차게 비벼 준다. 그제야 오른팔을 떨구고 쉴 수 있다.

새 학기 때 막내 유치원 입학원서를 수십 장 작성해 냈는데, 너무 힘들었다. 디지털 시대지만, 아날로그적으로 손이 많이 가는 게 있다.

그러니 로봇청소기가 눈에 띈다. 영양제도 찾아보게 된다. 내 몸을 덜 움직이고, 더 생각할 수 있는 방법을 효율적으로 탐구하게 된다.

집 먼지 진드기에 알레르기 반응이 나온 첫째, 둘째를 위해 예전부터 이불을 팍팍 털거나 깨끗이 빨아 세팅해 줬다. 그런데 요즘은 이불 터는 게 너무 힘들다. 창밖으로 이불을 세 번이나 떨어뜨려 화단에 가서 주워 오기도 했다. 그러다 보니 침구 청소기가 눈에 띈다.

경제독립이 중요하다는 걸 새삼 다시금 느낀다. 아이들에게 더욱 힘이 될 수 있는, 경제적으로 자립하고 성공한 모습을 보여 주고 싶다는 강렬한 꿈도 다시금 확인한다.

이런저런 말을 하지 않아도 내가 거쳐 가야 할 길을 짐작하는 지인은 이렇게 말했다.

"나도 남부럽지 않게 고생을 많이 했어요, 다 감당할 수 있어요."

내 고생도 남부럽지 않다 생각했는데, 어르신들의 고생에 비하면 명함도 내밀지 못할 정도인 경우가 많다.

고생계의 햇병아리, 독립계의 신참, 이혼계의 풋내기!

독립이라고 고생 끝 행복 시작이 아니다. 독립이야말로 고생 시작, 행복을 향하여!이다.

다른 점이라면, 독립 후 고생은 여행의 본질에 더 가깝다는 것이다. 혼자인 여행. 어디로 가야 할지, 어디에서 묵어야 할지 내가 정하고, 내가 책임지는, 여행의 시기와 의미와 본질이 '나'답고, 내가 원하는 데로 갈 수 있는 자유와 행복, 설렘, 기대.

지금은 힘들지만 돈 모아서 여행 간다는 꿈으로 하루하루의 일상을 적금 붓듯 즐길 수 있는 여유.

다시금 〈인생은 미완성〉을 부르며 마음을 다잡아 본다.

인생은 미완성 쓰다가 마는 편지

그래도 우리는 곱게 써 가야 해

사랑은 미완성 부르다 멎는 노래

그래도 우리는 아름답게 불러야 해

사람아 사람아 우린 모두 타향인 걸

외로운 가슴끼리 사슴처럼 기대고 살자

인생은 미완성 그리다 마는 그림

그래도 우리는 아름답게 그려야 해

절망은 행운의 여신의
뒷모습이다

살아가면서 맞닥뜨리게 되는 여러 시련이 있겠지만, 나의 경우 가장 피하고 싶은 것이 '절망'이다. 절망은 사람을 수렁 속에서 헤어 나오지 못하게 하는 힘이 있다. 헤어 나오지 못할 뿐만 아니라 더 깊은 수렁으로 들어가기 쉽다.

수많은 절망 속에서 망가지기 쉬운 이유가 그 때문이다. 얼마나 많은 사람이 절망 속에서 삶을 포기하고 희망을 되찾기가 어려운가.

희망의 길을 찾는 것은, 수풀을 헤치고 들어가 행운의 네 잎 클로버를 찾을 확률보다 희박한지도 모른다. 희망은 눈에 보이지도 않고 만져지지도 않지만, 그래도 많은 이가 희망을 잃지 않길 바라고 새로운 꿈을 꾸고자 한다. 절망 속에서 절망하지 않고 희망을 꿈꾸는 건, 사람이 할 수 있는 축복이자 가치 있는 일이다.

그러나 머리로는 알면서도 막상 절망이 현실이 될 때 받아들이는 충격이란, 얼마나 헤아리기 어려운가.

절망감을 제재하지 않고 방치하면 그것이 우리의 눈과 귀가 되어 우리가 보고 듣는 모든 것과 모든 상황을 보고 듣는 방식에 지대한 영향을 미치게 된다. 절망감을 그대로 방치하면 우리의 감정을 지배하고, 우리의 선택과 행위를 규정하며, 우리의 희망과 동기를 앗아가고, 선한 일을 해야 하는 이유를 보지 못하게 만들며, 신뢰할 수 있는 능력을 빼앗는다. 절망감은 우리를 자기 방어적이고, 폐쇄적이며, 쉽게 당황하게 만든다.

《고난》, 폴 트립

결혼 전에 막역하게 지내진 않았지만 자주 왕래하면서 편안하게 지내던 친구가 있었다. 과거형으로 '있었다'고 표현하는 이유는, 그 친구가 더 이상 이 땅 위에 존재하지 않기 때문이다.

당시 의사였던 레지던트 남자 친구와 결혼하면서, 그 친구가 나에게 했던 말이 아직도 선연하다.

"너도 의사 하나 잘 만나서 결혼하면 좋은데, 인생도 피고 고생도 안 하고 살아도 되잖아."

나는 결혼을 미리 축하하며 '너나 잘 살라'고 말했다. 진심으로 축하를 전하는 마음이기도 했지만, 그에게 실망하게 된 계기이기도 했다. 나를 아는 친구라면 그런 식으로 말하진 않았을 텐데….

그러나 나를 더 실망시키고 슬프게 만든 건 그 친구가 몇 년 뒤 스스로 생을 마감했다는 사실이다. 남편은 병원에서 기숙하며 공부하랴 일하랴 얼굴 볼 새가 없는데, 친구는 시어머니를 모시고 시댁을 부양하며 우울증으로 죽어 갔다.

의사 만나 결혼하라더니, 의사 만나 죽어 버린 친구. 너무 원망스러웠다. 갑자기 떠나 버린 친구를 한 번이라도 붙잡을 수 없었을까 하는 후회만이 남겨졌다. 당시 친구의 말 한마디로 나는 '절망'의 한 면을 보았다.

나를 절망시키는 한마디는, 나의 꿈과 반대되는 말을 하는 사람들의 입에서 나왔다.

집안이 어려우니 고등학교 졸업 후 바로 취직하라는 작은 아빠의 입을 통해서나, 남자 잘 골라 시집 가라는 선생님의 입을 통해서 나오는 말들이었다.

내가 발버둥 치는 목적인 나의 꿈이, 다른 이에겐 고작 손바닥만큼의 크기밖에 되지 않는다는 사실이 절망 같은 괴로움으로 안겼다.

한 번 뱉어 버리고 재단할 정도로 나의 꿈이 나에겐 하찮은 것이 아니었고, 누군가의 말은 한동안 귓가에 맴돌며 나를 화나게 했다.

그럼에도 깊이 절망할 필요는 없었던 건, 나와 상관없는 사람들의 말이기 때문이었다. 내게 큰 영향을 미치지 못했다. 오히려 나는 주먹을 불끈 쥐고 이를 악물며 꿈에 다가가기 위해 노력했다.

피할 수 없을진대, 제대로 맞붙어 이기고 싶은 게 절망이기도 하다. 절망 앞에서 굴복하지 않고 삶에서 승리를 거머쥘 때만큼 빛나는 얼굴이 있을까.

오죽하면 그런 선택을 했을까 싶기도 했다. 그렇다고 친구의 죽음을 그렇게 자위하고 넘어가기엔, 나의 후회와 미련과 슬픔은 분노로 차올랐다.

화려한 결혼식장에서 결혼한 친구가, 죽을 때는 초라하기 그지없는 장례식장에서 영정 사진으로만 모셔졌다. 조문객이 머물 식당 한 칸 없는 장례식장에서 친구의 남편을 원망스럽게 바라보았다.

시집 와서 몇 년 동안이나 병원에 있는 남편을 내조한 결과냐며, 이렇게밖에 아내의 마지막을 보낼 수 없냐며 분노하고 싶었다. 그러나 마음과 달리, 이렇게도 저렇게도 하지 못했다. 그런 내 모습이 절망스

러웠다. 조금이라도 막역했다면 멱살이라도 잡고 나왔을 걸, 내 위치
는 거기까지였다. 그것이 손톱만큼 작았던 우리 우정의 크기였다.

그 이후, 삶에 대해서나 불행이나 절망에 대해서 크게 요동치지 않
는다. 글도 담담하게 쓰게 되었다.

절망을 기회로, 도약의 발판으로 삼을 수 있다면 절망도 얼마든지,
언제든지 희망이자 기회가 될 수 있을 것이다. 절망이란 행운의 여신
의 뒷모습일 수 있다.

나에게 다가온 수많은 절망 앞에서 행운의 여신이 보내는 미소를
발견할 수 있기를, 앞으로도 나에게 다가올 절망 앞에서 무릎 꿇지 않
기를 꿈꾼다. 그렇게 담담히 살아가고 싶다.

좋아하는 일을 찾아가는
기쁨을 누린다

《빨강머리 앤이 하는 말》에서 저자는 다음과 같이 말했다.

좋아하는 일과 잘하는 일 중 어느 것을 직업으로 선택해야 하냐고 묻는 사람들에게 나는 이제 조심스럽게 '잘하는 일'을 하라고 말한다. 왜냐하면 시간은 많은 것을 바꾸기 때문이다. 잘하는 것을 오래 반복하면 점점 더 잘할 수 있기 때문에 기회를 많이 얻을 수 있다. 일이 점점 많아진다는 건, 그 일을 더 잘할 수 있게 되는 것 이외에 자신의 일에 대한 특정한 태도가 생기는 것을 의미한다. 이때 '태도'란 그 일을 좋아하는 것까지를 포함한다.

이 글을, 전공을 결정해야 했던 예전에 보았다고 해도 나는 '좋아하는 일'을 선택했을 거라는 생각이 든다.

잘하는 일보다 좋아하는 일이 너 많았고, 좋아하는 일을 하다 보니 잘하는 느낌도 들어 행복해졌다.

나는 좋아하는 일을 하면서 살아가는 것이 옳다고 생각했고, 좋아하는 일을 따라 살아왔다.

책을 읽고 글을 쓰고 아이들을 가르치는 일은, 내가 좋아하는 일이기도 했고 다른 사람들에 비해 잘하는 일에 속하기도 했다. 다행히 좋아하는 일과 잘하는 일 사이의 갭이 그리 크지 않아서, 나는 혼란 없이 진로를 모색했고 그에 따라 살아왔다.

예를 들면, 잘하는 일이 의사로서의 일이더라도 좋아하는 일은 요리일 수 있다. 요리를 하면서 돈을 벌고 사람들을 행복하게 하고 본인 삶의 가치도 업그레이드된다면, 그는 평생 요리하면서 살아가고 싶다는 생각 속에서 의사라는 존재가 부담이 될 수도 있지 않을까.

친구 한 명은, 그림을 엄청 잘 그려 미대에 가고 싶었지만 의료인 가문 전통에 따라 의대에 진학했다가 결국 학업을 접고 다른 삶을 살고 있다.

그러고는 집안에서 식구들을 위해 밥하고 청소하는 삶을 택했다. 하다 못해 취미로라도 그림을 그릴 줄 알았더니, 그림과 의학의 두 가지 무게가 다 버거워졌다고 한다.

나는 책을 읽으면서 생각할 때가 많다. 책 읽는 의사가 환자의 마음을 더 헤아리고, 책 읽는 연기자가 연기에의 이해가 더 깊고, 책 읽는 가수가 감성이 더 풍부하고, 책 읽는 요리사의 스토리가 더 풍부하다.

바야흐로 멀티 시대다. 의사도 책을 내고, 주부도 책을 내고, 작가도 책을 낸다. 한 우울만 파는 시대는 지난 것 같다. 한 우물을 파다가도 다른 길을 파기도 하고, 삶의 곳곳에서 우러나는 샘물을 마시면서 삶의 영역을 다채롭게 확대해 나가기도 한다.

아이들을 가르치다 보면, 아이들의 꿈이 한결같다는 걸 알 수 있다. 모두 큰 부자가 되고 싶어 한다.

사업으로 성공해 돈을 많이 벌어서 벤츠를 사고 싶고, 집 몇 채를 사고 싶고, 부모님께 몇십 억을 안겨드리고 싶어 한다. 대기업에 가 봤자 육십까지 버티지도 못하고, 장사를 해 봤자 큰돈이 안 되니, 오로지 공무원이 최고라고 생각하는 아이도 있다.

고작 초등학교 저학년 아이들도 '꿈'에 대해 그렇게 이야기하는 것이, 온전히 그들의 꿈일까 부모의 꿈일까.

사회는, 여자라고 반드시 결혼을 하지 않아도 되니 원하는 일을 하며 살라고 한다. 그러면서도 시집은 잘 가야 하니 대학은 나와야 한다고 한다. 꿈은 대학 가고 취직해서 돈 벌고 잘살 때 꾸는 거라며, 우선은 앞뒤 생각하지 말고 무조건 공부를 해야 한다고 한다.

앞으로는 마음만 먹으면 세계 어디를 가서라도 공부하고 원하는 것을 배울 수 있는 시대이다. 지금도 마음만 먹으면 가능하다.

좋아하는 일과 잘하는 일 중에서 선택하라면, 좋아하는 일을 택하라고 말하고 싶다. 불편 속에서도 좋아하는 일을 하면 버틸 수 있다.

극복하면서 일을 하는 건 인내만으로는 불가능하다. 극복은 사랑의 힘으로 가능한 것이다. 위기 상황에서 몸을 던져 다른 사람을 구하는 사람의 가슴 속에는, 용기가 아닌 사랑이 있다.

일을 사랑하고, 일하는 자신을 사랑하고, 자신이 추구하는 꿈을 사랑하면서, 현재의 어려움을 돌파해 나가는 힘도 사랑에 있다.

사랑하면서 일하고 사랑하면서 책을 보았더니, 그 사랑이 나를 자라게 했다. 좋아하는 글을 쓰면서 좋아하는 수업을 했더니, 그것이 나를 성장케 했다. 아이들을 위한 책을 쓰며, 육아에 대한 소신을 말하는 글을 쓰며 생각한다.

예전부터 지인들은 나에게 육아법과 놀이법에 관한 책을 쓰라고 말하곤 했다. 나는 '남들도 다 하는 일인데 책을 쓰는 게 가능할까?' 생각했다.

지나고 보니, 그때 내가 했던 일들이 '남들이 하는 일과 똑같지 않다'는 걸 알게 되었고 그 시간을 지나오며 쌓인 나만의 노하우가 곧 나만의 경력이었음을 알게 되었다.

좋아하는 일을 하면서 사는 게 더 강한 힘을 갖게 한다. 누군가는 나에게 어리석다고 말한다. 돈도 되지 않고 몸만 힘들다고 말이다.

잘하는 일을 좇아 살았다면, 나는 내 안의 곳간에 욕심만 쌓았을 것이다. 더 잘하고 싶은 마음이 나를 변질시키고 나를 다른 사람이 되게 했을 것 같다.

좋아하는 일을 하면서 살았던 것이 나에게는 가장 잘한 일이다.

《빨강머리 앤이 하는 말》에서 저자는 이렇게 말했다.

나는 버리고 떠나는 삶을 존중하지만 이제는 버티고 견디는 삶을 더 존경한다.

버티고 견디는 삶을 살다가, 버리고 떠나왔다. 버티고 견디고 버리고 떠나는 그 모든 것이, 내 삶 속에 있다.

살아가면서 판단을 내릴 때, 결국은 좋아하는 것을 찾아 그 기준으로 선택했다. 아직까지는 후회도 없고 미련도 없다.

나는 모두의 삶을 존경한다. 내가 가 보지 못한 길을 간 선배의 삶도 존경하고, 나와 같은 길을 지나고 있는 이들의 삶도 존경한다.

우리 모두의 삶은 고달프고 외로운 자신과의 싸움임을 알기에, 어떤 경우에도 존경하고 응원하고 박수를 보내고 싶다.

벤츠를 사고, 몇십 억을 벌고, 집을 몇 채 사고 싶다는 아이들의 꿈이 걱정스럽다. 어떤 일을 하고 싶고, 무엇을 할 때 행복한지, 이 세상에 태어난 이유가 무엇일지, 좋아하는 일을 찾아가면서 발견해 나가면 좋겠다.

어른들에게서 그럴 듯하게 포장되어 전해진 아이들의 꿈이, 화려하게 진열된 백화점의 똑같은 물건들 같아서 전혀 멋스럽지 않다.

겉만 화려한 포장지를 벗겨내고, 진짜 갖고 싶은 꿈의 모델을 발견하길 바란다. 좋아하는 것과 잘하는 것의 경계에서 우리가 찾아내야 할 선택의 기준이 아닐까.

꿈을 이뤄 행복했던
모든 순간이 나였다

어렸을 때 친구들이 모이면 나는 늘 이야기 대장이었다.

아기 때부터 읽은 책이 많았는데, 그 책들을 얼렁뚱땅 섞으면 매번 다른 이야기들이 만들어졌고 친구들은 재미있어 했다.

문제는, 재방송은 할 수 없다는 점이었다. 아이들은 재미있다고 한 번 더 이야기해 달라고 하는데, 나는 기억을 잘 할 수 없으니 재방송은 못 한다며 다음에 다른 이야기를 들려준다고 하고는 일어났다. 그러면 아이들이 나를 졸졸 따라다니면서 재미있는 이야기를 언제 해 줄 거냐고 물었다.

그 시절에는 그게 놀이였다. 마당에서 땅따먹기하고 공사장에서 손

바닥이 딱딱해지도록 돌 파며 놀고 뒷산 올라가서 소꿉놀이하고….

엄마는 말씀하셨다.

"너는 이야기를 잘하니 작가가 되면 좋겠다."

그러면서도 한편으로는, '돈 안 되는 글쟁이 말고 선생님 하면 좋겠다'라고 했다. 이젠 글쟁이도 되고 선생님 소리도 듣는데, 엄마의 꿈을 이룬 걸까.

나의 꿈은 이뤘을까. 방송작가로 처음 일을 시작해 한두 달 되었을 때였나. 일이 늦게 끝나 퇴근하면서 담당 피디와 포장마차에 갔다.

포장마차 아주머니의 딸이 이화여대 앞에서 가방 장사를 하는데, 한 달에 수입이 3~40만 원밖에 안 되어 계속할지 말지 고민이라는 말을 들었다.

담당 피디가 나에게 말했다.

"너도 그냥 이대 앞에 가서 가방 장사나 하는 게 어때?"

글을 못 써서 굴욕을 당하는 건 방송작가에게 있어서 무용담쯤으로, 누구나 한 시절 들었던 말 하나씩은 있을 것이다. 나도 그렇다.

이대 앞에 가서 가방 장사나 하라는 말, 대학은 제대로 나왔냐는 말, 고등학교 때 공부 안 하고 맨날 시만 썼냐는 말….

자세히는 생각나지 않지만, 굴욕적인 순간이 많았고 지나고 보니 포기하지 않고 잘 넘어왔다 싶다.

그래도 방송작가를 마칠 즈음엔, 글 잘 쓰는 작가라는 말을 들었다.

'그때 가방 팔러 가라는 당신의 판단은 틀렸다.'

내 꿈이 맞고 당신의 성급한 판단이 틀렸음을 보여 주고 싶었다.

누구나 처음엔 쉽지 않다. 꿈을 향한 길일 때는 더 쉽지 않다.

꿈은 꿈이어서 현재진행형의 말, 과거와 미래를 연결 짓는 다리가 되는 말, 지금은 만져지지 않기에 인내와 용기가 필요한 말, 꿈을 꾸면서 지내왔기에 힘들었던 기억들도 좌절의 기억들도 아름답게 추억되는 말, 지나고 봤을 때 삶이 행복하게 느껴지는 마법 같은 말.

글을 쓰면서 행복했던 모든 순간이 나였고, 나다웠고, 소중했다. 여전히 글 쓰는 게 좋고 앞으로도 계속 그럴 것 같다. 글을 쓰는 순간이 가장 편안하고 행복해서 글을 쓴다.

나는 꿈을 이뤘다. 물론 여전히 배가 고프지만… 계속 쓸 거다.

나의 글을 기다려 주는 독자가 단 한 명이더라도 끝까지.

삶이라는 말과 가장 잘 어울리는 말이 있다면 아마도 꿈이 아닐까 싶다. 꿈을 이루는 것은 삶에서 큰 의미를 가진다. 꿈을 이루는 삶은 지극히 행복할 것이며, 이루지 못하더라도 꿈이 있는 삶은 풍요롭고 아름답다. 꿈은 가슴을 설레게 하는 마법 같은 말.

《인생교과서 퇴계》, 김기현

남의 꿈을 비웃지 말고 내 꿈은 내가 지키기.
꿈꾸는 모든 이들의 소망이 이루어져 가기를….

누군가에게
힘이 되는 삶을 꿈꾼다

정신 분석가 앤서니 스토의 《고독의 위로》에 보면 이런 글이 있습니다.

창의적 천재는 상실을 겪을 때 내면의 재능을 이끌어내며 이 재능을 발휘해 오래도록 사람의 관심을 받는 작품을 만들어낸다.

저는 제가 선택한 '선택적 고독' 상태에서 이 책의 글귀를 보면서 많은 위로와 희망을 얻었습니다. 상실을 겪을 때 내면의 재능을 이끌어내고, 그 재능을 발휘해 오래도록 많은 이의 관심을 받는 작품을 만들어낸다니, '이 얼마나 소름 끼치게 멋진 일인가!' 하고 생각했어요.

출간을 앞두고 기다리는 중에 있는 저는 설레고, 궁금하고, 보고 싶습니다. 책이 어떤 모습으로 태어날지, 손가락이 열 개일지, 발가락이 열 개일지 궁금해 하며 무사히 건강하게 잘 태어나기만을 바라고 기도하게 됩니다.

아마도 책을 기다리는 모든 작가가 그러할 것이라 생각해요. 수많은 작가 중에 저 역시 또 한 명의 작가로서 가장 기다려 왔던 순간을 앞둔 지금, 벅찬 행복과 기운을 느끼고 있습니다. 또 이 책이 어떤 모습으로 독자들께 다가갈지 기대됩니다.

현재 저는 이혼 조정절차를 거쳐 드디어 법원으로부터 이혼 판결을 받았습니다. 이제는 남편이 '전 남편'이 되었고, 제 남편이 아니라 '아이들의 아빠'가 되었습니다.

함께 살며 미워하고 분노하고 슬펐던 관계에서 떨어져 나와 보니 한편 고맙고, 안타깝고, 편안한 마음입니다.

함께하며 미워하는 것보다 떨어져 있으며 서로의 안녕을 바라는 것이 제가 선택한 삶의 모습이에요.

그동안 저에게 있었던 졸혼과 뇌경색 발병, 아이 셋을 둔 사십 대 독립 워킹맘으로 살아가면서 알게 된 것들 중 많은 이와 나누고 싶은 이야기들을 이 책에 실었습니다.

아무쪼록 많은 분이 공감하고 위안을 얻으면 좋겠습니다. 저는 이 제 누구의 힘에 끌려가는 삶은 거부합니다.

내 삶에 가장 알맞은 걸음으로, 내 삶의 앞마당에 누구를 들여놓을 것인가를 스스로 결정하면서 저의 길을 뚜벅뚜벅 걸어가겠습니다.

저는 사람들에게 희망을 주는 존재가 되고 싶어요. 나아가 저의 존 재 자체로 희망이고 싶습니다. 제가 있는 곳이 희망의 '센터'가 되며 '증거'가 되길 꿈꾸고 있어요. 그리고 이제, 이 책이 그 길로 인도하는 징검다리가 되어 주길 기대합니다.

《스님의 주례사》에 보면 '지나간 인생은 다 흘러가 버린 줄 알지만 우리가 생각하고 말하고 행동하는 모든 것들이 고스란히 쌓이게 된 다'고 합니다.

백 세 김형석 교수는 "인생은 육십 전에 평가해서는 안 된다"고도 말씀하셨지요.

그래서 저는 여전히 무한한 꿈을 키워 나갈 수 있고, 이제야 제대로 꿈다운 꿈을 꾸고 있는 것 같기도 합니다.

한번 꿔 볼 만한 꿈이고 해 볼 만한 일이라 생각합니다. 앞으로의 삶이 정말 기대되고 설레요.

설령 또다시 벽 앞에 서게 된다 해도, 아니 벽이 나타날 거란 두려움 속에 더 이상 나아가지 못하고 그만그만한 골목길을 돌면서 걷지는 않을 것입니다. 뒤를 따르는 세 아이가 있으니까요.

그리고 저를 지켜보고 응원해 주는 많은 분의 격려를 되새기며 계속해서 용기를 내어 앞으로 나아갈 것입니다.

얼마 전 지인을 만났어요.

13년의 결혼 생활로부터 떠나오면서 주변 지인들에게 많은 도움을 받았는데 그 도움들을 평생 갚아야 할 마음의 빚이라고 표현했더니, 그분이 이렇게 말했습니다.

"빚이라 생각하지 말고, 힘이라고 생각하세요."

저는 그 말에 놀라고, 그분의 따뜻한 시선에 또 한 번 놀랐습니다. 그분의 마음과 배려에도 감동했어요.

앞으로 저는 그동안 제가 받은 은혜들을 '빚'이 아니라 '힘'이라고 생각하기로 했습니다. 나의 '힘'은 나를 둘러싸고 있고, 일어서게 하고, 따뜻한 햇살을 비춰 주고 있음을 느낍니다.

매일 매일의 일상이 이렇듯 따듯하고 온기가 느껴졌던 적이 언제였던가 생각해 보아요. 한여름에도 가슴 한편이 시리고 허전했던 저는, 제가 그토록 바랐던 '독립'을 통해 달라지고 있습니다.

생생한 변화들을 앞으로도 계속해서 이어 쓸 수 있기를 고대합니다. 저 역시 누군가에게 '힘'이 되는 인생을 살게 되길 바라며!

　　끝으로 마야 안젤루의 시 〈여자가 꼭 가져야 할 것〉 일부를 소개하며, 모든 아내들에게 드리고 싶은 인사를 대신합니다.

　　여자가 꼭 가져야 할 것
　　집을 나가 자기만의 방을 빌릴 만큼의 돈
　　전혀 그럴 필요와 욕구가 없을지라도
　　여자가 꼭 가져야 할 것
　　정말 멋진 옷 한 벌

　　(중략)

　　여자가 꼭 가져야 할 것
　　내 운명은 스스로 조정할 수 있다는 느낌
　　모든 여자가 꼭 알아야 할 것
　　자신을 잃지 않으면서 사랑에 빠지는 법
　　모든 여자가 꼭 알아야 할 것
　　직장을 그만두는 법

애인이랑 헤어지는 법

우정을 망가트리지 않으면서 친구에게 바른말 하는 법

모든 여자가 알아야 할 것

언제 더 열심히 노력해야 할지

그리고 언제 돌아서서 떠나야 하는지

아인잠

졸혼, 뇌경색, 세 아이로 되찾은 인생의 봄날

내 삶에 알맞은 걸음으로

© 아인잠 2020

인쇄일 2020년 6월 22일
발행일 2020년 6월 29일

지은이 아인잠
펴낸이 유경민 노종한
기획마케팅 1팀 정용범 **2팀** 정세림 금슬기 최지원
기획편집 1팀 이현정 임지연 **2팀** 김형욱 박익비
책임편집 김형욱
디자인 남다희 홍진기
펴낸곳 유노북스
등록번호 제2015-000010호
주소 서울시 마포구 월드컵로20길 5, 4층
전화 02-323-7763 **팩스** 02-323-7764 **이메일** uknowbooks@naver.com

ISBN 979-11-90826-07-5 (03810)